Ippolito Nievo

Antiafrodisiaco per l'amor platonico

© 2023 Culturea Editions

Texte et illustration de couverture : © domaine public
Edition : Culturea (Hérault, 34)
Contact : infos@culturea.fr
Retrouvez notre catalogue sur http://culturea.fr
Imprimé en Allemagne par Books on Demand
Design typographique : Derek Murphy
Layout : Reedsy (https://reedsy.com/)

Dépôt légal : janvier 2023
Tous droits réservés pour tous pays

ISBN : 9791041842988

Questa storiella fu condotta a termine nell'aprile 1851 sotto l'impressione di avvenimenti spiacevoli e di rabbie puerili — gli è perciò che ora, non avendo il coraggio civile di abbrucciare questo libro, come esso meriterebbe, perché pure ei serve a richiamarmi alla mente qualche caro momento, e vedendo d'altronde le cose come sono e come erano e non attraverso il prisma del rancore vendicativo dichiaro, false assolutamente tutte le proposizioni in cui intacco minimamente l'onore, o la delicatezza di quelle persone a cui alludo coi nomi immaginarii. — E ciò a regola di coloro che travedessero il vero personaggio sotto il velo dell'incognito.

Padova 16.11.52.

I

Dialogo

del signor Incognito

col signor Stracotto

— Cosa diavolo vi è saltato addosso, mio bel Signore Stracotto, che dimenate gambe, e braccia come il Telegrafo?

— Uno sgraziato diavolo in verità! perché jeri sedeva tranquillamente nella mia poltrona, e fumavo un zigaro, e da questa mattina in qua sono in una convulsione uniformemente accelerata. Povera la mia pace! Ah Signor mio, sono innamorato!

— Innamorato! poveretto! innamorato? Lo diceva io, che non eravate del solito umore! Ah ma io possiedo un farmaco eccellente per la vostra malattia. Una storiella amenissima che vi ridurrà in poco tempo al vostro stato normale.

— Davvero, mio caro? Vi prevengo peraltro che il mio stato normale non è la noja.

— Guardate! ed io che credeva di sì! Alcuni dicono che la noja ammazza, benché io non lo creda. Però vi giuro di non ammazzarvi, e di sospendere il mio racconto ogni qualvolta vi sorprendano i brividi dell'agonia.

— Grazie, grazie amico! e mi fido della vostra parola d'onore. Fingerò di essere in letto con a fianco un chirurgo indiavolato che faccia delle esperienze sulle mie povere carni.

— Presso a poco: e giacché avete sì buone disposizioni mi arrovescio all'insù dei polsi i manichini della camicia, e mi metto all'opera sul fatto. Cominceremo a piccole dosi, e procederemo colle grosse se però avrete tal gola da farvele passare.

— La parola è al Signor Incognito.

II

Il signor Incognito

racconta la sua storiella

V'immaginerete certamente che in questa storiella parlerò molto di me. Ah il parlare di se è una gran tentazione! una tentazione che non si vince con tutta la grazia abituale, e straordinaria che ci somministra la nostra Santa Madre Chiesa Apostolica Romana. Parlerò dunque molto di me e pochissimo di voi, se me lo permettete, e vi racconterò delle cose molte che vi faranno ridere, o piangere a vostra scielta. Ma siccome so che voi siete un accanito partigiano di Democrito, e più ancora dell'opera Buffa, e più ancora delle Coriste dell'opera Buffa; così vi confesserò, qualmente tre anni fa io mi credessi un uomo di consigli; e spero che riderete di cuore, poiché (potete immaginarlo) io era invece uno scempiatello, com'è tutto il genere umano a sedici anni. Io ciarlava molto, perché non sapeva cosa fossero i fatti, e badava poco a quel che diceva perché non abbadava a quel che ascoltava. Vi è mai saltato in testa d'essere uno spirito forte? Quella è una gran bella idea! e mi congratulo con voi se non la vi è ancora capitata, perché una volta, o l'altra ella vi capiterà, e voi sarete perfettamente felice per una quindicina di giorni — cioè finché vi durerà quella persuasione. Ma per me quell'idea è sfumata, e convengo oramai d'essere un minchione come siete voi... zitto! altrimenti non avreste le convulsioni.

— Dunque, come vi diceva, io era persuaso d'essere un uomo di consigli ed uno spirito forte. M'incontrai in un giovane della mia età, che aveva precisamente la vostra magagna, ma in grado così sublime ch'egli dimenava non solamente le gambe, e le braccia come voi, ma la bocca, e gli occhi, e tutto il resto — il che era uno spettacolo mirabile. Povero lui che allora non aveva storiella da raccontargli! del resto egli sarebbe guarito, ed io non sarei qui a raccontarvi la sua Odissea.

Si pretende che gli estremi si tocchino, che i contrari si attraggano, e che un Re possa essere il Liberatore d'un popolo; io attribuisco a questi tre celebri assiomi il legame d'amicizia che si strinse tra me, ed Augusto[1], cioè tra il Signore che ora vi parla, ed il Signore di cui poco fa vi parlava.

Chiunque però vi abbia il merito d'una tale amicizia, io ne lo ringrazio infinitamente, perché la nostra relazione è tanto stretta che dopo morti saremo certo annoverati fra le coppie indissolubili d'Amici, come Castore e Polluce. Se però in tale congiuntura ci trasformeremo in istelle, ciò non sarà certo nella Costellazione d'Amore.

— Sapete, mio bel Signore, che primo obbligo degli amici è la confidenza, e il mio dolce amico mi fece, con una tal quale ironia, una confessione generale più dolce di Lui. Per non farvi fare degli sforzi d'immaginazione che vi trarrebbero a mal partito, voglio distendervela *in formis* come sullo stampato, e sentirete l'acquolina in bocca. Si trattava di confidenze amorose, confidenze che si dicono segrete, e che vanno per le bocche di tutti come le sentenze di morte.

— Egli era appena uscito dagli innocenti trastulli dell'infanzia, quando mi disse, di aver guardato un po' troppo in viso una giovine signora, che a quel che pare aveva molta esperienza per

---

1 Il lettore tenga presente che Augusto, in seguito, sarà chiamato Attilio, e poi Anomino.

la sua freschissima età. Una mattina una bocca malevole gli riferì, che la sua bella si faceva sposa, e capirete benissimo che lo sposo non era lui. Fin qui non c'è novità; ma la novità è che Augusto voleva dar le tempie contro le pareti. Egli rifletté un lampo, e dopo aver deciso che gli era meglio darla contro i guanciali, andò difilato ad augurare la felice notte alla felicissima coppia conjugata ch'era montata in carozza. Io so di seconda mano che la felice notte fruttò pel primo mese la consueta luna di miele e pel sussequente un'abbondante corona di *etcetera* in surrogato al serto d'Imene che cominciava ad avvizzire. Ma ciò non toglie che il povero Augusto non abbia avuto la Luna per quasi tre ore; ma siccome tre ore sono l'ottava parte d'un giorno, e un giorno la trentesima d'un mese, e un mese la dodicesima d'un anno, ed un anno (a voler darla lunga) la settantesima della vita, così egli conchiuse che non gli restava tempo da perdere, e si mise le mani in saccoccia per non più pensare al passato. Ma cosa fece egli per non pensare al passato? Pensò al futuro; e questo forse è peggio. Si ficcò in testa d'essere l'uomo più infelice, perché non aveva un bel bocchino che gli tortoreggiasse al fianco, ed una tal fissazione in tutti i giorni di maltempo gli metteva indosso la malinconia.

Bisogna certamente che vi sia un Dio. Primo: perché tutti lo hanno detto, e il gridar più di molti è un grand'impegno. Secondo: per parecchie altre ragioni. Bisogna dunque che vi sia un Dio, ed io scommetto che gli saltò il capriccio allora di divertirsi alle spalle del povero Augusto. A tale effetto non dico già ch'egli mandasse in terra l'Arcangelo Gabriello, benché non voglia negarlo; ma dico invece che gl'inspirò il pensiero di visitare un certo luogo che dovea essere prima il giardino, e poi lo scoglio delle sue illusioni. Eppure quel luogo non era né un giardino, né uno scoglio — era invece un bel cortile di campagna, con due file di platani, e due pilastri avanti ad una colombaja che serviva di portone; con una bella casa, con due fabbriche laterali, e con una bella aja di dietro a tutto questo; ma il complessivo dovea essere prima un giardino d'Armida, e poi una specie di Scilla, e Cariddi pel povero Augusto; e fra parentesi anche per me, — il che io passo a dimostrarvi con una infinità di parole. Ma per carità non fatemi carico di qualche sbadiglio: è una triste abitudine che s'impossessa di me, quando rumino, e rimastico le soavità dei tempi passati.

I Greci ebbero una stravagantissima religione, ed un culto più stravagante ancora pel numero tre. Tre erano le Furie, tre erano le Grazie, tre le Parche, e tre le Dee che si cavarono la camicia per rubarsi il pomo di Paride. E questa è verità; e ne chiamo in testimonio tutti gli Arcadi, e i Succhiapennelli del secolo passato. Mi domanderete qual rapporto abbiano Venere, Giunone, e Minerva con la mia filastrocca, ed io risponderò, che ne hanno un grandissimo, perché il luogo sopra descritto era abitato da un trio di ragazze, o donzelle, o altro che dir si vogliano. Se somigliassero alle Parche, o alle Grazie lo direte voi dopo aver ponderate le mie deduzioni; io per me credo che non fossero né l'uno, né l'altro, e che occupassero il giusto mezzo. *In medio stat virtus*. E questa è una mala regola davvero, massime nel caso nostro, perché la mediocrità nelle ragazze è un oroscopo funesto per gli amanti spirituali del taglio d'Augusto, ed un augurio di buona riuscita, per coloro che attendano indefessamente a quell'Ufficio per cui Madonna Natura ha inventato l'amore. Volete che vi descriva le nostre tre eroine? Niente di meglio, così chiacchererò un quarto d'ora di più. La maggiore aveva nome Morosina: e non maravigliatevi se gli è un nome alquanto pagano perché ne sentirete in seguito dei più arabi ancora. Ma la Morosina di cui parliamo non era né Pagana né Araba, ma sibbene una donna battezzata, e cresimata per la grazia di Dio. Ella non era né secca, né severa come sembrerebbe richiedere il rango di primogenita. Era anzi piccioletta, e di giuste forme; con certi occhietti azzurri, e capelli biondi-scuri che si ammirano nelle Madalene del Tiziano. Peccato che le mancasse nelle debite regioni quel non so che di ripieno di cui questo pittore era prodigo verso le sue creature! Ella rideva molto, e parlava poco; forse perché è molto più facile colle labbra far delle smorfie, che dei bei discorsi, e perché un certo riso, largo nella bocca, e stretto negli occhi quadrava mirabilmente al suo viso grande, ed ovale! Ell'era insomma uno di quei molti de' quali si dice: Ride e non fa ridere! — Non dico per questo ch'ella facesse piangere! — no, per pietà... anzi... Ma non prevenirmi gli avvenimenti! piuttosto che fare uno sbalzo di cronologia, voglio passare alla seconda, alla Signora Ottavia, la quale Signora Ottavia faceva gesticolare i suoi begli occhioni celesti tanto diabolicamente, che si capiva a prima vista

6

ch'ella si riputava una donnetta di spirito. E per certuni avrebbe potuto esserlo, perché ad onta della sua bassa statura, ad onta della sua poca loquacità, aveva una facciotta ritondetta molto piacevole. Io però la devo rimproverare di soverchia modestia, perché ella teneva tanto imprigionato nel cuore quel suo povero spirito, che niuno ha mai sospettato ch'ella ne avesse un bricciolo.

Farei un peccato d'omissione imperdonabile se non tributassi i dovuti elogii al suo bel visino, alla sua copiosa capigliatura castana, alla sua fina, e morbida pelle; ma sarei uno storico infedele se non tacciassi il suo corpicciuolo di esiguità. Già è vero che le sostanze esigue sono quelle che pizzicano il naso, e penetrano più agevolmente ma è vero altresì che sono le più incomprensibili, e tale è, e sarà sempre la Signora Ottavia per chi non è astrologo.

Non si può dire così della Signora Egiva, la quale è l'ultimo numero del terno, e nello stesso tempo la ragazza più comprensibile che io m'abbia mai visto. Più pienotta, e ancor più tozza delle altre, col mento un po' sporgente, e con occhi castani a fior di testa ella potrebbe servir di modello a un pittore Fiammingo, come figlia d'un Borgomastro. A chi darebbe Lawater la preferenza fra l'occhio da bamboccia, ed il mento da furbacchiona? — Ora ascoltate il mio epilogo se vi piace. La Signora Morosina ha qualche buona qualità e qualche pretesa, e fin qui la cosa è sopportabile. Nella Signora Ottavia calano le buone qualità e crescono le pretese, e la cosa è in ragione inversa del corso regolare. Finalmente nella Signora Egiva rovinano a precipizio buone qualità e pretese, ed io non veggo in lei che una buona zitella, come si dice. — Cosa vi pare? — Mi pare che nella terza l'affare sia più ragionevole; poiché la modestia è come il velo che nasconde le rughe, e la pretesa è pei diffetti, quello che è una torcia pel viso d'una vecchia imbellettata.

Voi credete che abbia finito? — No, mio caro. Resta la Mamma, la Signora Marianna, coi suoi quarant'anni suonati, co' suoi capelli ancor neri foggiati a ricciolini sulle tempia, e col suo gnocco di capegli sul sopracciglio sinistro. Resta la Signora Nonna, cogli occhiali sopra il naso, e la goccia di sotto; col suo libro di devozione in mano, e coi suoi tre denti. Resta il Rispettabile Papà, il Signor Filostrato, ciarlatore infaticabile, o meglio mangiatore di parole, coi suoi gesti da energumeno, coi suoi strani ghiribizzi, e colla sua rossa faccia da buon uomo. Resta il Signor Lucifero, figlio di suo padre, restano tre, o quattro bimbi, e resta finalmente la Baba rispettabile cagna *boule-dogue*, la quale non è forse il peggiore capitale della compagnia, ed è certamente uno dei personaggi più importanti per lo scioglimento della commedia; per cui vi prego di non dimenticarla... nelle vostre orazioni.

III

Prima interruzione

del signor Stracotto

— Non la finite più colle vostre descrizioni, Signor novellatore! Non vedete che mi vengono i sudori freddi?

— Ma questa va bene, Signor mio! Coraggio! è indizio di miglioramento perché l'amore non fa sudar freddo. Una seconda dose, e vi sentirete più libera la testa.

— Ma voi abusate della mia pazienza! Voi ridete di tutto con un cinismo orribile. Io bramerei qualche schiarimento...

— Niente affatto, io abborro la Pulizia, e perciò gli schiarimenti: se li bramate rivolgetevi a Lei, e maturate l'Istanza intanto che io continuo la mia Novelletta.

IV

Segue la storiella

Vi sono molti che trovandosi senza faccende in questo mondo si occupano nel fare i conti a Domeneddio, e assicurano ch'egli ha scritto lettera per lettera tutte le nostre vite future in un libro che chiamano il Destino. Per me dico che se egli si trastulla con simili baje, dovrebbe farci giunger dritti al nostro scopo, senza rigirarci a ghirigori come le lumache. Suppongo che il Signore non sia come certi Romanzieri, i quali guadagnando un tanto per pagina, fanno passare i loro Eroi dalle Indie, e dallo stretto di Magellano per condurli a Napoli: altrimenti dovrei tacciarlo di cattivo gusto, il che ripugna, come dicono i Teologi, alle sue infinite perfezioni. Ho stimato bene di premettere questo cicaleccio prima di venire al fatto del nostro Augusto il quale nel inseguir una lepre ha predato una quaglia.

Questo è l'Enigma della Sfinge, ed io sarò tanto buono da spiegarvelo su due piedi, e tutt'al più in cinque o sei pagine. Augusto gli era in tal condizione che fa parer l'amore una necessità — egli ronzava spesso intorno a quei platani, e quei pilastri che ho detto di sopra — e spesso passava sotto la Colombaja, e siccome la Morosina come maggiore faceva il visto alle sue galanterie, così ei si credette in obbligo di regalarle il cuore. Per apparecchiarsi a questa espropriazione cominciò a guardarla in una certa guisa che lasciava trapelare le sue ostili intenzioni, e giova credere che la Signora Morosina trovasse nel suo Dizionario una spiegazione soddisfacente di quelle occhiate perché ella rispondeva loro con certi sguardi di sottovento che significano: *ho capito*. E la conversazione a sguardi, e occhiatine e sospiri continuava, ma non si faceva un passo avanti, perché Augusto non aveva molta confidenza, e la Morosina mancava di coraggio, e se ne aveva, non le occorse mai il destro di adoperarlo. Ciononostante Augusto intrepido come una staffetta viaggiava due, tre volte la settimana da casa sua all'ostello delle tre Sirene, perché il viso roseo, e lunghetto della Morosina gli aveva aperto una breccia nel cuore come un cannone da sessanta, e su e giù per quella breccia lo martellavano quei benedetti pensieri di amore, che seguitano a far la guerra anche quando la piazza è conquistata.

Ora un giorno gli avvenne di fare il solito tragitto col cervello un po' abbaruffato perché nell'ultima visita gli occhi della Morosina gli eran sembrati alquanto torbidi. Dopo aver tenuto un interessantissimo colloquio coi vecchi di casa uscì per attaccarne uno più interessante ancora colle giovani; e giova avvertire che uscì pieno di speranza, perché la Signora Morosina aveva fatto una buona digestione, ed aveva gli occhi lucidi come due stelle. Egli entrò in una camera, ove sperava si trovasse la sua fiamma che da due minuti era scomparsa. Ma la sua fiamma non v'era, e Augusto si lasciò andar colle mani penzoloni sopra un soffà, credendo sempre di veder comparire sull'uscio l'adorabile donzella. Non avendo che fare di meglio si diede a riordinare le frasi della sua dichiarazione amorosa... la quale dovea riuscire un capolavoro di retorica, e sopratutto di mimica. Nel più forte del suo lavoro, le imposte scricchiolarono, e la minuta figuraccia della Signora Ottavia guizzò nella camera. Non vorrei darvi ad intendere ch'ella ci venisse apposta; no, anzi mi sforzerò a persuadervi che tutto in questa scena fu accidentale, ma ciò non toglie ch'ella non tremasse nel serrare la porta per cui era entrata, e che non tremasse doppiamente, e non arrossisse nell'avvicinarsi ad Augusto. Il caso non era nei calcoli del nostro amante. Egli aveva già alzato il braccio fino alle nuvole, ed aperta soavemente la bocca quando s'accorse che aveva preso un granchio, e che la Signora Ottavia differiva essenzialmente dalla Signora Morosina. Una tale scoperta gli chiuse la bocca, e lo fece pensare seriamente alla sua posizione. L'Ottavia dal canto suo pareva tutt'altro che contrariata — si era appoggiata al pianoforte, e lo fissava cogli occhi tanto aperti come due lanterne.

Finalmente egli alzò lo sguardo e lo incontrò con un'occhiata ammaliatrice della Sirena; lo abbassò, lo alzò ancora, e si sentì un certo fuoco tra pelle, e pelle che non fu certo il più fido alleato della sua Morosina. Comunque ella sia, in due minuti egli aveva deciso, che l'Ottavia era più bella, più buona, più brava della Morosina, e ch'egli era innamorato cotto delle sue virtù. Fortunato lui che aveva la sua dichiarazione scritta in testa come su un foglio di carta, e che altro non mancava che cambiar il nome e far come un certo Professore che dedicò a Sua Maestà Apostolica un'onde composta per sua Maestà Savojarda!

Bisogna dire che la Signora Ottavia si fosse fermata malamente in mezzo a due correnti d'aria, perché in capo a pochissimo tempo parve non le garbasse la sua posizione, ed ella pensò bene di venirsi a piantare alla testa del soffà al fianco d'Augusto. Bisogna anche dire che le pesasse il capo, perché a poco a poco lo chinava insensibilmente verso di lui: e il contrario per avventura avveniva d'Augusto, il quale lo allungava insensibilmente verso di Lei. Venne il momento che le due teste si scontrarono, e lo scontro successe nelle regioni delle labbra, e fu tanto poco guerriero che tutti due finirono coll'avvoltolarsi sui cuscini, e col baciarsi e ribaciarsi tanto allegramente come se fossero fratello e sorella.

Questo dimostra chiaramente: I) che il platonismo del mio amico era una virtù, e non una maschera. II) Che la Signora Ottavia era più bella, più buona, più brava della Signora Morosina: e ch'ella aveva più coraggio, e meno paura dei baci dei giovinotti. III) Che il Signor Augusto era ito nella stanza per acchiappare una lepre ed aveva predato una quaglia. — Ma queste sono cose degne d'occhio volgare: quello che non si può scoprire se non con un po' di canocchiale, si è, che la Ottavia si sentiva un po' di pizzicore... nel sangue, e che cercò di procurarsi una distrazione che glielo ammorzasse un pochino: perché dicano pure quello che vogliano, anche i baci (i baci soli, capite) puri, e santi, come quelli che si davano alle pantofole del Papa, servono di qualche sfogo, e son meglio che niente. Perché credete che le vecchie bacino tante medaglie, e crocefissi?

Cosa v'immaginate che dicesse la Morosina al trovarsi così impensatamente fuori di sella? Non fiatò punto, perché ella è una di quelle ragazze che si lasciano fare di tutto senza mormorare del prossimo, e in aggiunta tanto ingenua, che non s'era accorta nemmeno degli occhiacci d'Augusto, e s'ella forse lo guardava più del bisogno, gli era perché nessuno può proibirci di osservare un soggetto piuttosto bellino. Vi giuro che non avrei mai immaginata tanta semplicità: pare impossibile! — ma no, è possibile! — anzi è veramente così.

Il Signor Augusto dopo quella improvvisa scenetta tornò in compagnia, e siccome era notte nessuno poté rimarcare le guancie un po' colorite, e gli occhi alquanto indecisi: perché la prima volta che incontrò lo sguardo della Morosina non poté far a meno di abbassare il suo. Ma in fine de' conti cosa aveva fatto di male? Nulla, e poi nulla, poverino! Son peccatucci perdonabili codesti, e puniti abbastanza da quella specie di paralisia che lo assaliva quando si trovava in mezzo alle due rivali. Sentiva una vecchia simpatia per l'una, e si ricordava chiaramente di aver baciata quell'altra! — Assolutamente la sua era una parte imbarazzante! — O dar ascolto alla simpatia per l'una, e non baciar più l'altra, o baciar questa, e scacciar la simpatia per la prima. E se gli fosse saltato il grillo di dividere la simpatia pel giusto mezzo, e baciarle tutte due? — Che Bestemmia! Cosa credete? che Augusto sia un eretico? — vi dico che egli amava puramente; non sapeva quale — ma torno a dire, qualunque ella fosse, l'amava puramente; e sapete bene che il sostenere d'amarne puramente due, è una proposizione da scomunica. Ne hanno scomunicati anche per meno! — Un giorno ch'egli raccontava seriamente una farsetta tutta da piangere, quella sgraziata della Morosina diede in una risata. Quella risata lo fece andar giù dai gangheri, e d'allora in poi i baci la vinsero sulla simpatia. Vedete che la battaglia non fu seria, ma anche Dante ha detto: — *Poca favilla gran fiamma seconda!* — E poi la Signora Ottavia aveva assorbito colle lagrime agli occhi tutta la predica; chi non avrebbe dato la preferenza a lei? — e poi ella suonava il pianoforte! — e poi ella disegnava benino! — e poi ella baciava tanto di gusto che gli era un portento! Dunque? Sia per la Signora Ottavia — e dopo aver considerato tutto ciò, Augusto decise che la Signora Morosina lo aveva corbellato. Corbellato? e perché? perché aveva riso! — Bel sillogismo! Dal riso all'impostura vi son tante miglia, come dal pianto alla verità. Prova ne sia, la Madonna di Rimini che non fa che piangere, e piangere... in vantaggio di S. Santità, de' suoi amici Francesi, Croati, e Napoletani, e di tutto il canagliume dei Gamberi cotti.

L'amore disperato, o sentimentale è continuo, e non periodico come certi altri amori di bassa lega; per cui il nostro giovinotto dopo esser stato tre ore a fianco della sua bella si sentiva tanto digiuno come non l'avesse mai vista — e poi le visite succedevano ogni due, tre giorni, e l'amore lo martirizzava sempre; dunque egli pensò ad uno spediente per riempiere gli intermezzi. Le scriverò — egli disse — le aprirò lo stato del mio cuore, le farò vedere il bilancio de' miei sentimenti, l'attivo e passivo; l'uscita, e l'entrata! È vero che non sono troppo computista! Ma cosa non si diventa per amore... — E aveva ragione poiché si diventa anche matto. Egli si assise ad un tavolo, e scrisse d'un sol fiato sei tragiche facciate, che tradotte in burlesco volevano dire presso a poco così: Ottavia adorabile! — È poco il vederti, è poco il parlarti per me! Già è vero che il baciarti è qualche cosa, ma non però abbastanza — voglio anche scriverti per dedicarti anche i momenti in cui ti sono lontano. Io ti amo, come so amare; e ti amerò sempre, e poi sempre! Ti amo quando dormo, quando mi sveglio, quando faccio colazione, quando sono a pranzo, quando ceno, e quando mi cavo gli stivali per saltar in letto! — E tu, cara la mia Ottavia! mi ami tu come sai amare? mi ami sempre, e poi sempre? quando sei a pranzo, quando ceni, quando fai colazione, quando ti metti la camicia da notte per saltar in letto, quando dormi, e quando ti sveglii? Se la è così, scrivimi, e dedicami quell'istante che non puoi dedicarmi in nessun'altra maniera! — Il tuo etc. — Augusto.

Al ricevere questa lettera la Signora Ottavia si sentì commossa più in giù che nel fondo delle viscere, e se non era giorno di festa, le sarebber venute le lagrime agli occhi. Cosa hai, Ottavia? le dimandò la Signora Marianna al vederla venire dabasso tutta confusa.

— Niente! — faccio un pajo di calzetti. (Tanto è vero che alle volte si chiama far niente la più utile occupazione della propria vita). Anche il Signor Filostrato disse molte cose, e ne biasciò il doppio, ma nessuno si sognò di rimbeccarle, che il far calzetti non era cosa da mettere in confusione una ragazza tanto disinvolta come l'Ottavia. Il fatto sta che la faccenda delle calzette andò in lungo, ed in lungo assai.

Ogni volta che Augusto capitava non mancava di procurarsi un piccolo abboccamento a due colla Signorina; s'intende coi debiti riguardi; e la Signorina coi debiti riguardi, corrispondeva teneramente alle sue carezze: ed egli non finiva mai di ripetere fra sé, e sé: Io l'amo certamente; perché altrimenti, per qual ragione verrei sempre in sua casa? ed ella pure mi ama, perché altrimenti come spiegare i suoi baci, e le sue sdolcinate moine?

Dopo tutto ciò bisogna sapere che le foglie avevan finito di cascare, perché sugli alberi non ce n'era più una; per cui il Signor Filostrato adunò il consiglio di famiglia, e disse: Andiamo alla città. E il consiglio rispose in coro: andiamo!

Detto-fatto; quattro settimane dopo s'imbarcarono in un calesse, e rimorchiati da un cavallo che parea andasse contro il vento, schivarono le insidie dei gabellieri; e uomini, donne, e bambini con armi, e bagagli arrivarono sani, e salvi alla porta di casa. Molti vi erano accorsi per riabbracciare il Signor Filostrato dopo sì lunga assenza, e fu tale l'emozione di questi amici di casa nel rivederlo, che non trovando parole per esprimerla, si voltarono a parlare di cose indifferenti con le ragazze.

Alla sera arrivò Augusto, e ne aveva tutta la ragione, poiché le porte spalancate della scuola erano quasi stanche di chiamar avventori, ed Augusto era un giovine affamato di cognizioni.

11

Ed ora io dovrei cantare sulla chitarra la storia svariatissima di un anno d'amore: ma gli è un amore tanto scevro di nuvoli che non so da che lato prenderla per non volar in estasi dalla consolazione. Si legge in Isaia: Il suo nome sarà Emanuele, e si pascerà di mêle, e butirro! — Io tendo a credere che quel buon vecchio col suo Emanuele abbia voluto alludere al nostro Augusto, ed alla Signora Ottavia col mêle, e col butirro che dovevano confortargli lo stomaco. Diffatti un amore tanto sereno fu per loro come un secchio di acqua di Recoaro; poiché Augusto si imbottiva le ossa, e l'Ottavia ingrassava a vista. Tacete, male lingue, e non fate la glosa alle mie semplicissime frasi. Quando dico ingrassava voglio dire ingrassava! — e se vorrò che intendiate ingrossava, dirò a dirittura ingrossava.

Solo ci fu di mezzo un imbroglio! la casa era stretta come una gabbia; non si poteva sparire dietro le quinte per farvi quello che non si osava fare sulle scene; non si potevano far passare da mano a mano quelle tenere cartuccine, che erano tante ricette per quei due cuori piagati!

In quanto al primo punto bisognava rassegnarsi a carpire i momenti opportuni; ma quanto al secondo si poteva far di meglio! C'erano i ripieghi!

O arte antica quanto il mondo, e perfezionata e perfettibile ancora dalla sagacità del progresso. Il maggiordomo che ha bisogno di danaro cerca un ripiego — la moglie che ha in uggia il marito ha il suo ripiego — fino i Tedeschi hanno immaginato dei ripieghi per gonfiare i borsellini dei Croati. Fin quell'orbo di presidente-Imperatore ha rinvenuto un ripiego nel cappellino dello Zio, quando si è trattato d'inchiodare la bocca a dieci milioni di uomini che gridavano: — Sei un baggiano!

I nostri due amanti non si mostrarono da meno di tanta valorosa gente; e il ripiego ebbe un nome, e cognome come un cristiano, e si chiamava Mastro Gionata Beccafichi Profes. di disegno. Non voglio mallevare che egli fosse cristiano; lo dissi così per similitudine, anzi per dar campo al vostro giudizio, su questo particolare voglio raccontarvi la sua storia dall'A fino alla Z.

V

Storia della vita e miracoli

di Mastro Gionata Beccafichi

prof. di disegno

Non fatevi caso se esordisco di botto con un miracolo; perché si vocifera che Mastro Gionata Beccafichi sia nato, e balzato fuori bello e vestito da una cazzaruola di fagioli cotti. Ma questa è una ciarla della gente — quello che è storico si è, che egli vide la luce in casa di Mastro Macario Professore di Gastronomia, detto volgarmente Cuoco. Ch'egli poi sia nato colle qualità fisiche, e morali sviluppate, e perfezionate potete crederlo in coscienza, perché lo asserisce egli stesso; anzi aggiunge che appena sbucato dall'alvo materno sdrucciolò dal letto sul pavimento, e vi compose uno stupendo balletto con gran battimani per parte degli astanti. Debole preludio dei successi incredibili che dovevano sposarlo a Tersicore.

Io mi maraviglio come suo padre reso non lo abbia un oggetto di speculazione facendolo ballare sui trivii come le scimmie, e le marmotte: ma fu forse, perché egli studiando, e perfezionando nei domestici lari le sue proprietà sbalordisse il mondo tutto in un colpo; e diffatti lo sbalordì come si può vedere in appresso.

A due anni egli recitava il *Canto di Ugolino* con tutto il terrorismo di Gustavo Modena; a due e mezzo suonava il flauto, e la chitarra ad un tratto; a tre predicava latino come Cicerone. Non parlo del leggere e scrivere, poiché tali cose erano in lui infuse dallo Spirito Santo, anzi io ritengo ch'egli legesse ad alta voce, prima di far capolino al finestrello del mondo, perché sua madre nel tempo di sua gravidanza si lamentava d'uno strano mormorio nelle budelle. Solo non so spiegare da quale apertura ricevesse la luce, e da quale biblioteca i libri. Ma questi sono problemi da darsi a risolvere agli ostretici, che ne hanno risolti dei più curiosi con una sorprendente disinvoltura.

Verso i sette anni il nostro Gionata risolse di gettarsi nei vortici della vita pubblica; a tal effetto chiese a Mastro Macario quaranta soldi, ed una bissacciata di crostini di pane, e s'incamminò a muso duro verso la piazza. Dietro via egli diede un guasto spaventevole alle sue munizioni da bocca; per cui sentendo nello stomaco un certo vuoto, negoziò da un mercante allo svoltare d'una via due soldi di mele cotte, e vi diede dentro con tutti i denti, e tutta l'allegria dell'uomo libero. Dopo due minuti vediamo il nostro Gionata, addossato ad un pilastro della piazza, co' suoi trent'otto soldi in una mano, ed una mela cotta nell'altra. Non mi pare di avervi accennato ch'egli fosse filosofo, ma ve lo sarete immaginato senza alcun dubbio. Nella sua qualità di scioperato si mise ad osservare per davanti, e per didietro tutti gli straccioni, e tutte le loro Signorie che gli camminavano avanti. Ne distinse uno fra gli altri abbastanza lustro, impettito e attillato per fermare la sua attenzione. Gli esaminò il cappello, e non ebbe di che ridire; discese alla pezzuola, e giudicò che le sarebbe andata bene una buona stretta di più. Calò al giubbetto!...

Oh qui il nostro critico fu scandalizzato, e arricciò il naso: — Cosa ci hanno da fare tutti quei ritagli, quelle cuciture diritte, e storte che gli solcano la schiena? Ah secolo buffone, secolo arlecchino che non sai fare altro, che buffonate, ed arlechinnate! — Nostra Mamma Eva adoprò ella l'ago, e la forbice per coprirsi?... E che sì ch'ella doveva comparire al cospetto di Domeneddio! —

Così egli favellò in cuor suo, e per la prima volta in sua vita si rammentò di aver esso pure un giubbetto. Se lo cavò bellamente senza tanti rispetti umani, e sedutosi sulle calcagna, lo posò sulle ginocchia per osservarlo con più comodo. Tornò a vedere tutte quelle maledette commettiture che gli avevano scaldato tanto la bile sul dorso del gentiluomo, e nella sua indegnazione lo avrebbe certamente stracciato... se non fosse stato di Dicembre. S'affacciò indiavolato al banco d'un Mercante, e spese trenta soldi in tre braccia di percallo sulle quali meditò profondamente come architettare un abito senza nemmeno puntarvi un ago.

Avete mai letto di Archimede quando dopo i calcoli più sublimi, e maledetti levò la testa, si sfregolò le mani, e corse per Siracusa gridando: ho trovato? — Lo stesso successe dopo cinque, o sei ore di concentrazione del nostro Gionata!... ché la scoperta era ben più importante per l'umanità. La stoffa era riquadra! — Tanto meglio; col suo temperino vi aperse un foro nel mezzo per la testa, e due ai lati per le braccia, e poi allacciatisi i due capi fra mezzo alle gambe ripigliò la sua corsa per le strade, e pei vicoli gridando: ho trovato! — Ma dietro una cantonata egli trovò davvero loro Signorie gli Sbirri, i quali se lo tirarono in braccio, e lo portarono in trionfo fino dal Commissario di Polizia. Il quale decretò che il celebre giubbetto fosse appeso all'Accademia di belle Arti, e l'abile Artista mandato tantosto alla Casa di Ricovero.

Dietro viaggio Mastro Gionata burattava tali pensieri: — Cosa andava sofisticando quel buon uomo di mio padre delle insidie, e delle male accoglienze del mondo? — se io con sì breve fatica ho messo in entusiasmo la forza armata, e mi sono procurato una fama nei giornali, ed un alloggio di bando? gratis? E burattava altri pensieri ancora quando la forza armata lo depose nel cortile della Casa, ove due vecchi spiritati lo spogliarono in camicia, e gli indossarono un certo vestone caffè e latte che lo faceva assomigliare a S. Rocco. Credette tale l'usanza, e quello fosse come il manto di cui si avvolgevano nei trionfi i generali Romani; per la qualcosa fece due, tre giri pel cortile pavoneggiandosi, e strascinando senza economia i lembi della zimara. Era a metà della sua trionfale passeggiata quando gli si spalancò una porta di fianco, e ne sboccò un torrente di giovinetti, tanto arrabbiati che l'urto del primo lo buttò per terra, e gli fece andar in broda una mela cotta che gli rimaneva nella tasca dei calzoni. Quei buoni capi vedendogli uscire quella broda di sotto la veste, gli si sfilarono d'intorno, e cominciarono a congratularsi secolui della sua anti-stitichezza in termini poco fragranti, massimamente pel rampollo di Mastro Macario Dottor Gastronomico. Ma non c'era rimedio, e fu d'uopo ingozzare tutti i complimenti di quei ragazzacci, che si contentarono di graffiargli un po' il naso in pena della sua poca creanza. Finalmente il povero paziente rimasto libero adocchiò di sghembo la porta d'uscita alquanto socchiusa, e vi si mise a galoppare verso quella parte veloce, che il portinaio arrivò a serrarla quando egli era già fuori, e non acchiappò che un'ala del vestito, e un lato dei calzoni. Quando riapersero l'uscio il diavoletto era scomparso, e non ci fu verso di stanarlo; non ci fu verso di poterlo scoprire, né da lontano, né da vicino, né per terra, né per aria! Indovinate mo' dov'egli s'era ficcato? Sotto le sottane d'una specie d'Amazzone che rivendeva cavoli di faccia allo Stabilimento e che ben volentieri gli offerse un inviolabile asilo in mezzo alle coscie. Sull'imbrunire egli uscì tutto aromatizzato dal suo luogo di salvazione, e dopo mille ringraziamenti alla sua protettrice che gli regalò quattro castagne lessate, ei s'avviò verso casa fregando dietro il muro il lato scoperto del suo deretano. Montò le scale nel mentre che sua madre era lì lì per essere strangolata dalla mano destra di Mastro Macario. Immaginatevi come fu beata la buona donna di vederlo arrivare, massime quando il soave marito abbandonò il suo collo per abbracciare, e bacciazzare il piccolo Gionata. E questi dopo i baci, e gli abbracciamenti cavò di tasca gli otto soldi che gli eran rimasti, e poi additando con la sinistra il naso, e colla destra il deretano fece chiaramente capire, come in grazia dei trentadue soldi che aveva spesi ambedue quei siti abbisognassero di qualche riparazione. E la provvida Mamma gli unse il naso con del burro fresco, e gli tirò su per le gambe un paio di pantaloni del consorte, assicurandoglieli sotto le ascelle in modo, da rendere inutile la presenza del giustacuore.

Ma intanto il povero Gionata restava meditabondo, ed ozioso perché aveva veduto svanire le sue prime illusioni; e stette meditabondo, ed ozioso dieci anni filati, più tre mesi, e due giorni sempre accosciato nella sua poltrona; d'inverno accanto al fuoco, e d'estate davanti alla finestra. Finalmente quella voce che chiamò il Battista nel deserto, ed Ezechiello nel Camposanto, chiamò anche il nostro Gionata dalla sua poltrona. Forse non fu precisamente la stessa, potrebbe anche essere stata la voce dello stomaco, perché essendo morto suo padre da due anni, e sua madre da due giorni le cazzaruole erano vuote. Comunque la sia, egli pensò quello che da dieci anni avea dimenticato cioè che per mangiare bisogna darsi qualche briga. Frugò nella cassa di sua madre e vi trovò due lire, e quattro cedole del Lotto. S'incappucciò in un cappellone su cui erano scritte a caratteri cubitali tutte le glorie paterne, e colla canna in mano uscì dalla sua casa, come Lazzaro dal Sepolcro: più la canna - il cappello - e le due lire - che quel povero Ebreo non aveva portato seco, credendo di non doverne aver bisogno per un pezzo.

Il nostro uomo se la passò una giornata come un Cavallier di ventura, e così per prendere un'idea della carità de' suoi simili dimandava l'elemosina a tutti quanti. L'impresa fu tanto proficua che alla sera si trovò aver ricevuto tre soldi, una pagnotta secca, e due calci nel culo. Ora mentre che seduto sui gradini d'una porta computava quanto egli ricavava da ciascun piede nel didietro, quattro dilettanti di buontempo che girovagavano per far ridere la gente, vestiti con certi stracci arabeschi che facevan pietà, principiarono le loro capriole accompagnandole con sberleffi tanto spiritosi che in breve ebbero accalcata intorno la schiuma dei cialtroni della Contrada.

Gionata che aveva una propensione straordinaria pel loro mestiere interruppe i suoi conteggi, montò ritto sul gradino, e si diede a fare tali atti e tanti versacci che si cattivò alla fine l'attenzione del più vicino delli spettatori: questi diè di gomito al vicino, e così via via, finché tutti, attirati forse dalla maggior novità dello spettacolo, voltarono il viso a Gionata, e la parte opposta ai quattro ciarlatani. Gionata non fu da meno dell'aspettativa, perché oltre che egli aveva un talento straordinario per ragghiar com' l'Asino sapea fare mill'altre belle cose che stordirono tanto gli astanti che sempre più spalancavano la bocca, e sbarravano gli occhi. I quattro miseri derelitti dall'altro canto adunarono una specie di Congresso di Vienna. Il primo che aveva fatto il boia consigliò di strozzare un concorrente sì fortunato — il secondo che era una spia propose di denunciarlo alla Polizia — il terzo ch'era un nipote di Macchiavelli fu per l'avvelenamento — e l'ultimo che era un ex-gesuita gridò loro ch'erano pazzi, e disse invece che bisognava affigliarlo alla compagnia. L'ultimo partito come più utile, e prudente prevalse, e il nostro Gionata entrò per quinto in così onesta comitiva.

Vi fece una degna comparsa, e ne divenne il capo, e la nobilitò siffattamente, che dalle strade passarono alle scene, e Dio sa dove sarebbero iti se i quattro compagni non lo avessero piantato rubandogli ogni peculio, e tutti gli effetti meno la chitarra.

Egli aveva allora vent'anni, e la chitarra. — Cosa gli mancava? — Nient'altro che una moglie! — e la moglie ei la trovò una sera al chiaro di Luna, andando a diporto in una parte deserta della Città. Se la condusse chetamente a casa, e l'indomani la trasse in Chiesa, e gli sponsali furono celebrati in piena regola, e Donna Bettonica ebbe il diritto di aggiungere come coda al suo prenome il casato di Beccafichi.

Immaginatevi quanta felicità gustasse il cuore amoroso di Gionata, mentre la mano coglieva quelle rose d'amore che mandano un profumo tanto soave! — Tanto più che le rose della Signora Bettonica non erano bottoncini appena sbucciati, o semiaperti, ma rose belle, e buone, colle loro foglie spalancate, ed esalanti tale fragranza da inebbriare dieci nasi alla volta! — Perché Gionata avea sposato una donnetta come si deve, una vedovella che sapeva il suo conto, e non una di quelle colombine scipite che non distinguono il bene dal male!

La chitarra, e la moglie gli apprestarono il pranzo, e la cena per lunga pezza; ma un genio terribile compariva a quando a quando sulla musica carriera del nostro genio tanto mellifluo, e gli intralciava il passo! — Chi era quel genio importuno? Napoleone Bonaparte, il quale colla melodia de' suoi cannoni superava tanto spesso gli accordi delle chitarre che questi alla fine perdettero il credito. Allora Gionata si levò in piedi. Gettò la sua chitarra in quel luogo ove Arrio ha vuotato l'Anima, e presente Donna Bettonica sul sepolcro del suo caro istrumento giurò in nome dei Santi di non più toccare chitarra. Donna Bettonica all'udir tali parole si stracciò le vesti dalla disperazione. Ma Mastro Gionata fu irremovibile assai meglio del Re Assuero - anzi veggendo tanti leggiadri ufficialetti passeggiar su, e giù vestiti di rosso, di verde, e di giallo, s'invogliò di fare un'eguale comparsa, e tanto si adoprò, e tanto brigò che finalmente lo impiegarono in una Cancelleria militare come tiralinee - ed egli tutto vanaglorioso colla testa ritta, e colla destra sull'elsa del suo palosso si tirava dietro a braccetto Madonna Bettonica vestita all'Ateniese a spese degli Ufficiali Francesi.

Ma Messer Napoleone Bonaparte se n'andò assai peggiormente che non era venuto, e un altro Messere venne a seguitar l'opera sua, vale a dire a dissanguare i poveri padri nostri. E Gionata non fu niente contento d'un tal cambiamento, perché egli era entusiasta di Napoleone, e dei pezzi da 20 Franchi de' suoi Ufficiali. Però colla pace tornarono a rifiorire le Arti belle, e siccome sapete ch'egli le coltivava tutte dalla prima all'ultima, così poté sguazzarla allegramente colla cara metà sino allo spuntar dell'anno 1848. Si dice anzi ch'egli sapesse buon grado, e fosse gratissimo (e tale si mostrasse più in opere che in parole) a quei cari Signori che a furia di Congressi son riusciti a far quello che non avevan potuto fare a furia di Cannonate.

In questi trentatré anni Mastro Gionata era stato un camaleonte, egli era stato: I: Commesso d'un giojelliere che lo teneva occupato nel ripulire le lampade di bottega; II: *Factotum* d'una libreria in cui sbatteva i volumi dalla polvere; III: Quarto dei terzi flauti nell'Orchestra d'una Compagnia di Cavallerizzi; IV: Primo sarto dei facchini di dogana; V: Ballerino grottesco nel palco dei Burattini; VI: Aiutante d'un Ingegnere che lo impiegava nel misurare la ghiaia; VII: Fornaciajo, ed inventore di pietre galleggianti; VIII: Architetto di pollaj; IX: e finalmente Incisore ad acqua forte, Professor di disegno, ed Architetto in majuscolo.

In questa qualità egli insegnava a disegnare delle figurine alla Signora Ottavia, ed ad abbozzare dei pilastri al Signor Anonimo. Dal contesto di questa storia si vedrà poi com'egli sapesse combinare con questa professione, altre occupazioni passeggiere che contribuirono non poco a renderlo illustre. Nel principiar dell'anno di grazia mille ottocento quarant'otto noi lo troviamo nel terzo piano d'una casa alloggiato sopra la ganza d'un avvocato, e d'un Commissario di Pulizia. Un pancia tonda, e soda è il punto culminante della sua persona. Superiormente ad essa si diparte un torso piramidale che finisce in una testa conica, e grigia, il tutto all'altezza di quattro piedi e mezzo, e nella suddetta testa sono incastrati due occhietti, ed un nasino da falcone, ed una bocca a labbro sottile che si contorce per tutti i lati. Due belle gole di grascia servono di festoni sotto il mento a così bell'apparato. Inferiormente le gambe seguono il medesimo processo — cioè vanno a finire a cono discendente in due piedi piccoli, e grassotti come quelli d'un abate.

Caratterizzato l'individuo guardiamo di vestirlo, e incamuffarlo alla meglio. Per conservare il ritratto somigliante gli attortiglieremo il collo con un fazzoletto di seta nera che finisca sul davanti in un gruppo microscopico. Gli insaccheremo le gambe in un paio di calzoni ristretti alla noce del piede, ed abbondantissimi alla cintura — gli faremo imbracciare un panciotto color cioccolatte assettato al collo, e comodissimo sul ventre, e un robone di panno *uliva* colla schiena cortissima, e le ali fin sotto il ginocchio. Lo pianteremo in un paio di stivali di vitello foggiati a punta — gli metteremo due scatole da tabacco in mano, ed un cappello alla *Metterniche* sulla cima, ed ecco il vero facsimile di Mastro Gionata Beccafichi Professor di Disegno — il quale Mastro Gionata insegnava il disegno a Madamigella Ottavia, e le faceva tali discorsi.

VI

Dialogo

della Signora Ottavia

con Mastro Gionata Beccafichi

— Più leggiera quella mano, Signora Ottavia! — più leggiera quell'ombra! — così! — basta! — va bene! — Ah cari i miei due allievi!

— E chi sono di grazia questi due allievi? — perché io conto per uno! almeno credo!

— E il Signor Anonimo è il secondo. Che buona volontà! — Durar sette ore alla tavoletta — non c'è altro che lei capace d'imitarlo. Io voglio un bene dell'anima a quel giovane! — mi getterei nel fuoco per Lui. — Più marcata quella penombra — va benissimo. Ella riuscirà una egregia disegnatrice — ed il Signor Anonimo un famoso architetto.

— Non iscopersi mai in quel giovine tanta passione pel disegno.

— Come, come! — Ah! sarà perché è tanto modesto! — ei fa la vista di non intendersene. E poi non gli avanzerà il tempo di spiegarle la sua passione pel disegno. Caro quel Signor Anonimo! Io sono il suo Segretario. Per lui mi faccio ammazzare! — Carichi quella tinta. Egregiamente.

— Si dice, che sia piuttosto ricco questo Signor Anonimo!

— S'immagini! Figlio unico! e poi cosa c'entra questo! è il suo cuore che supera ogni prezzo. Ma già cosa ciarlo con Lei di tali cose! Ha abbastanza penetrazione per iscoprirle da sé, non è vero?

— Mi raccontano che suo padre sia un uomo bravo, e di buonissima pasta; e ch'egli non contrasta menomamente alle voglie del figlio.

— Una persona aurea quel suo padre. Egli desidera di vedere il più presto possibile accasato il suo beniamino: lo dice sempre che dopo sarebbe contento per tutta la vita.

— Davvero! che buon padre.

— Un angelo! e aggiunga che egli non pretende che Anonimo badi alla dote — egli bramerebbe una donnetta di garbo che suonasse il pianoforte, che disegnasse un pochino: una ragazza bene educata. Del resto, al diavolo quel maledetto interesse! Che bel quadro di famiglia, egli va dicendo, vedere il mio Anonimo accompagnare col flauto una romanza che la sua sposina suona al pianoforte!

— Che Creatura Angelica: e Anonimo?

— Oh! Egli vuol secondare appuntino i divisamenti di suo padre! S'immagini ch'io sono il suo consiglier intimo! Di lui mi sono palesi fin le pedate! Che cuor amoroso! Io darei anima, e corpo per coadiuvare alla felicità di quel cuore! Poiché il secondare affetti così puri è un merito presso Dio. Non sarò mai contento se non gli potrò rendere un qualche servigio, per dire poi a suo tempo: Anch'io ho cooperato a tanta beatitudine!

— Oh gliene renderà! Stia sicuro!

— Lo credo anch'io, poiché egli mi racconta tutto come al suo confidente — ed io sarò contentissimo di poter fargli piacere: perché pel Signor Anonimo mi getterei nel fuoco, mi ammazzerei, e non so cosa farei di più.

* * *

Questo fu il primo dialogo fra Mastro Gionata, e Madamigella; l'interesse dei susseguenti andò sempre crescendo. Ma io prescelgo di lasciarveli indovinare, perché abbiate il vostro merito nel racconto.

Non vi meraviglierete dunque se Mastro Beccafichi aggiunse all'alta sua professione quella del Portalettere.

VII

Seconda interruzione

del Signor Stracotto

— Ah Signor mio! pietà per tre minuti! Voi siete infaticabile, e non vi avvisate che le vostre ciance possono affaticare la pazienza degli ascoltatori.

— Anzi ci penso sempre a codesto — e mi aspettava questa vostra sortita. Ma come dite, io sono infaticabile, e non bado agli ostacoli che m'intralciano il sentiero, perloché io continuerò il mio racconto, e voi farete saggiamente ascoltandomi tranquillo, e senza interrompermi.

— Oh questo io non potrò mai! Mi credete voi in obbligo di assorbire le vostre fole?

— Ma io non potrò mai alla mia volta spifferare altro che fole! Bramate roba seria? Ammiccatemi solo cogli occhi, ed io vi declamo una tragedia di Alfieri! un pajo di lettere di Jacopo Ortis.

— No, no, amico, fratel mio! risparmiatemi per carità. Volete mettermi in mano una pistola, od un rasojo?

— Calmatevi! Non sono un assassino! sono un medico (che è poco meno). Coraggio: l'esantema è già scoppiato; la vostra febbre si va sciogliendo in sudore.

VIII

Nella rivoluzione

In quel tempo nel nostro piccolo mondo insorse qualche baruffa alla foggia moderna, ma somigliantissima alla Mitologica che descrive Esopo fra le Rane, ed i Topi. Per una maledetta fatalità mi toccò restar in muda come una quaglia quasi quattro mesi, dopo i quali fui ridonato alla campagna, all'aria libera, e a tutto il resto di cui prima mancava assolutamente. Indovinate il primo conoscente che abbracciai nello stanarmi dalla mia ascosaglia? Fu il nostro Anonimo, il quale era tanto immerso nei calcoli geometrici, che non si addiede neppur di me; ed io battendogli sulla spalla lo distolsi dalla contemplazione di due gambette che saltellavano dall'altra parte della strada. Quelle gambe avevano dell'artistico, e meritavano certamente una lente per ammirarle, per cui non son sorpreso, se egli in appresso si procurò il piacere di osservarle minutamente, senza nessun pregiudizio ai diritti dell'amabile Ottavia.

Non sapendo immaginare di meglio mi sprofondai anche io nello studio delle Matematiche, e mi destai da quell'estasi sublime con quattro eminenze in saccoccia, il fardello in ispalla, ed Anonimo di dietro che mi gridava a tutta gola: Presto scappiamo, scappiamo! Fino a dodici miglia innanzi un nostro carissimo amico ci offerse la carozza pregandoci soltanto di favorire lo scotto al vetturale: ma quando dovemmo scongiurare le nostre gambe a condurre noi, ed il nostro fagotto allora ci accorgemmo che come ai tempi di Agrippa Menenio i nostri membri non erano tutti d'accordo, e che se il cervello diceva di sì, le coscie, i piedi, e la schiena propendevano pel no! — Ma l'urgenza sedò i partiti, e la testa finalmente la vinse.

Su tutta la strada era una confusione di casa del diavolo — tutti in grazia di quella baruffa che sopra ho accennato. Vi fu uno che dalla paura si gettò nel pozzo, un altro che dalla fretta di arrivare a casa ad avvisar agli amici che non era morto, perdette il respiro, e morì a un quarto del viaggio. Noi però viaggiammo intrepidi verso i domestici penati: Anonimo per amore dell'Ottavia, ed io per amicizia di lui.

L'unica persona che viaggiasse della nostra banda fu un vecchio ciabattino il quale si vantava d'una particolare relazione con Napoleone. Io avvisai che si trattasse di scarpe — e chiesi se l'Imperatore calzava di seta, o di merinos.

Uf! — rispose — era ben altro io allora! — le mie le eran relazioni diplomatiche!

— Sarebbe possibile, soggiunsi fra i denti, che tu fossi una spia? perché mi ricordo il proverbio: *Semel abbas, semper abbas.*

E feci d'occhietto ad Anonimo, e prudentemente tirammo innanzi. Anonimo ripeteva sempre: E dove sei tu, o candida perla del Mar Persico, o olezzante rosa di Pesto, oppure, o giglio di S. Antonio! — Ahi, dove ti troverò io, e in quale stato? — Poiché è indubitato che gli Eroi di Marte hanno in tempo di guerra una specie di processo sommario in fatto di matrimonio! — Cosa sarebbe di me, se ti trovassi vedova d'un capitano che vivesse ancora? — o sposa di dieci o dodici malandrini che mi ti contendessero a fucilate? — o vivandiera di qualche reggimento? — o donna di cucina di qualche Generalone?

Ed io lo consolava in tali termini: Tutto è possibile — quello che è fatto è fatto. Fa d'uopo della rassegnazione.

Ed egli comprendeva che io aveva ragione, e si consolava perfettamente bestemmiando peggio di Maometto.

Dopo due giorni riabbracciammo mio padre con tutta la effusione di cuore, e tutto l'appetito possibile — poiché era un mese che non lo vedeva, ed in quanto allo stomaco egli non aveva più memoria del suo ultimo pasto. Ci sedemmo io, ed Anonimo a tavola — e dopo due ore Anonimo aperse la bocca, e m'interrogò — e un'ora dopo ancora io apersi la bocca per rispondergli, ma aveva le mascelle così infiacchite che non ci fu maniera di compiere un accento, e bisognò che mi portassero a letto dove sognai d'essere diventato una botte.

Alle nove di mattina schiusi un occhio, e alle dieci spalancai l'altro; udii l'Anonimo che dormendo pronunciava con tanta devozione il nome di Ottavia che io ne fui commosso, e lo destai per dirgli: Alla gamba, amico, se vuoi vederla fuori di sogno! Ci alzammo; e siccome un dì prima un Signore di quei dintorni ci aveva esibito cavalli e carozza per tutte le parti del mondo, ce ne andammo a lui tutti fidenti nella sua cortesia, ed egli ci offrì prontamente un bicchiere di vino, e si dimenticò sgraziatamente dei cavalli, e della carozza.

Mi separai da Anonimo a mezza strada da casa sua, e dopo il giuramento formale di scriverci spesso, io ritornai presso mio padre. Sapete dove abitava mio padre? In un bel paesone, colle strade tagliate ad angoli retti, con piazze spaziose, con due belle chiese, con terrapieni magnifici, e con sei bastioni da Fortezza, e nulla più. Perché riguardo alle creature ragionevoli vi era deficienza radicale. Me la spassai spingendo le mie escursioni nell'interno del territorio benché brucciasse il Sole d'Agosto; fu allora che mi saltò in capo una smania di viaggiare tanto formidabile che fino sotto le coltri non poteva restarmi dal dimenare furiosamente le gambe, massime qualche notte che mi pareva d'essere nell'harem del Gran Sultano, e l'illusione era completamente reale, fuori che nella località. Qualche sera mi solazzava stranamente in una certa famiglia giocando col gioco dell'Asino, che è un divertimento proprio indigeno di quel paese. Ma finalmente stanco delle mie escursioni, delle mie illusioni reali della notte, ed annojato del gioco dell'Asino, e degli Asini che lo giuocavano con me deliberai di gettarmi alla boscaglia, come un uomo selvatico, e dopo quattro mesi d'una vegetazione così metodica, me ne andai in traccia di vitalità fra i villani, e le villane, e in queste ultime ne rinvenni oltre il bisogno.

Anonimo in questo mezzo mi tempestava di lettere, ed io col mio scudo parava alla meglio i suoi colpi, e glieli rimandava colla balestra. Egli non cessava dall'encomiarmi le virtù, e le perfezioni della Signora Ottavia, ed io gli rispondeva encomiando le mie, ed esortandolo a far giudizio. Non mi ricordo precisamente le bellissime cose che gli scriveva, ma in diffetto della mia memoria vi prego di rivolgervi a lui che conserva i documenti autentici.

Circa quel tempo una certa mattinata fresca fresca io divorai quattro fette di polenta, e mezzo pollo freddo, ed uscii di casa contentissimo di me, e del mio stomaco. — «Chi è quel cappellone laggiù sulla strada? — È lui, non è lui, ma sì poiché è lui! — è proprio Anonimo che mi favorisce d'una carissima visita!». Voi potete immaginarvi tutte le botte, e le risposte del nostro colloquio - ed io aggiungerò a tutto quello che avrete fantasticato, come combinammo un viaggietto pel prossimo Gennajo, e come Anonimo il giorno dopo sparì tra le nebbie che ascondevano la mia abitazione — ed io rimasi solo soletto a far l'esame di coscienza col mio angelo custode.

IX

Dopo la rivoluzione

Ora, io Signor Incognito qui presente verso la fine dell'anno mi trovava ancora essere come Gesù nel deserto, meno il Demonio che almeno visibilmente non mi credette degno della sua compagnia. Ma io non ebbi l'Eroismo di nostro Signore per durarvi quaranta giorni, e fui violentemente tentato di tornar fra i viventi allo spuntare del vigesimo quarto. Si festeggiava il Santo Natale, e le campane erano frenetiche per annunciare la milleottocentoquarantottesima Nascita di nostro Signore, quando io m'avviai verso la strada maestra. Giuntovi non gettai propriamente il cappello all'aria per dirigere la mia gita a seconda del vento, come i tre fratelli della leggenda dei Tre Aranci, ma mi arrestai su due piedi per deliberare, come si conviene ad ogni uomo assennato. E in capo a mezzo minuto aveva deliberato tutto, perché fortunatamente non mi si presentava che un partito cui appigliarmi, ed era — di farmi spettatore immediato delle gioje amorose del nostro Anonimo come fino allora ne era stato corrispondente per lettere.

Al primo paese che incontrai, vedendo qualche bella ragazzetta che stretta nel suo velo bianco si affrettava alla Chiesa, mi assalse uno scrupolo singolare di non assistere alle tre messe di obbligo per ogni devoto Cristiano. Entrai in Chiesa, ed il devoto sesso femminino fu talmente edificato del mio fervore, che si rivolgeva ogni momento per ammirarmi. Confortato dagli affetti spirituali proseguii più allegro il cammino, e ne pervenni alla meta che era sera tarda. Anonimo non c'era — ov'era egli? Ah! sarebbe propriamente un insulto il dirvelo, perché voi sogghignate maliziosamente. Ma io non sogghignai punto, e non feci neppur la prova di sorridere perché mi fu d'uopo passar la sera in una vicina famiglia ad un tavolo di Campana, e Martello ove i serii interessi del giuoco vietavano l'allegria, e fin le parole oziose. Alla fin dei conti me ne andai a letto infuriatissimo perché la fortuna m'aveva bersagliato per quattro ore, ed aveva perduto quasi dieci soldi.

Mi sognava ancora del pari, e del dispari, quando mi svegliai perché Anonimo mi tirava le gambe. Nel vederlo ogni malumore andò in fumo, perché la sola sua presenza metteva l'allegria. Dormire sotto il tetto che raccoglie le emanazioni della propria bella! — ah questa è cosa tale, che farebbe cascar per terra dalla consolazione anche un ubriaco.

E Anonimo prese la parola in questo modo: «Tu già morirai della voglia di conoscere la mia Ottavia — dunque corriamo subito a vederla» ed in meno d'un'ora egli era ai piedi della sua Dulcinea, ed è dietro l'uscio che li contemplava invidiosamente.

E non soltanto contemplai la Signora Ottavia, ma vidi la Signora Egiva ed ammirai Madamigella Morosina; e feci in breve conoscenza con tutto il resto della famiglia.

Quel giorno (per disgrazia) i miei occhi avevano ciò che si disse il *guardafisso*, e mai non mi riescì di staccarli dalla Morosina. Appena fummo partiti mi accorsi di un secondo malanno, perché avendo fatto una colazione piuttosto pesante mi batteva il cuore, e mi brucciava lo stomaco. Anonimo m'addomandò, come m'eran piaciute le tre ragazze, ed io risposi con un certo miscuglio di frasi incoerenti, perché le due malattie sopradette m'inciampavano la lingua. Tornando a casa, benché avessi annunciato fin dalla mattina ad Anonimo che sarei partito lo stesso dì, pure mi guardai bene dal ripetere la stessa cosa, perché quei sintomi di malattia mi facevano temere un qualche strano accidente per viaggio.

La notte mi sognai di molte cose — e per incidenza della Signora Morosina; il giorno dietro mulinai molti pensieri, e per caso pensai molto alla Signora Morosina; il dopo pranzo m'intrattenni a lungo con Anonimo, e (guardate che fatalità!) — egli intuonava Ottavia, ed io rispondeva *Morosina*. Egli terminò coll'assicurarmi che mi avrebbe fatto innamorare. Bella bravura in verità, fare quello che è fatto!

Siamo al capo d'anno. Tutta la famiglia di Anonimo era invitata a desinare a casa del Signor Filostrato, ed io credetti una mala creanza il rifiutarmi alla compagnia. Prima di porsi a tavola si trinciarono molti bei discorsoni di politica; ma mentre le labbra si affaccendavano delle cose pubbliche, gli occhi trattavano delle private. Era tanto sbalordito che dovunque mi volgessi vedeva una Morosina, cosicché, mi sembrava di vederne tre, o quattro, ed era un fenomeno curiosissimo di ottica... morale. La Signora Morosina rideva sempre — ma le Morosine che si moltiplicavano dinnanzi a me non ridevano punto, e mi vibravano certe occhiate supplichevoli che moveano a pietà; ed io fui commosso a segno, che dovetti ritirarmi nel cortile per distornare alquanto le mie illusioni. Ma il cortile era vasto, e se prima le Morosine erano tre, o quattro, in quello ne vidi a migliaia. Mi parea persin d'essere diventato una Morosina anch'io, ed andava dicendo a me stesso delle coserelle così tenere, che avrebbero innamorato i sassi; ed io che non era un sasso mi innamorai: benché, per dire il vero, dopo avermi ben bene stropicciato gli occhi, trovassi la Morosina di carne un po' differente dalle altre Morosine che corteggiavano la mia fantasia. Ma non ebbi tempo di costruire il parallelo perché la minestra era in tavola.

L'appettito aveva squagliato le illusioni ed a pranzo la mia attenzione fu egualmente ripartita fra la Morosina che aveva a diritta, e le vivande che mi si porgevano a sinistra.

Maledetta l'abitudine di bere acqua schietta! La mia dama servita ne ingollava a bicchierate, e dovendo ripiegarmi su lei per farle da coppiere m'imbatteva sempre ne' suoi ginocchi, e finiva col versargliene qualche goccia sulle mani. E allora conveniva scusarsi. Ma io arrossiva, e le mie scuse erano balbettamenti lambiccati senza capo, né coda.

Provava dentro di me un tal ardore che credo sarà stato più fresco San Lorenzo sulla graticola — ma come il medesimo Santo mi pareva di giacer mollemente in un letto di rose.

In pochi giorni l'amicizia fu fatta, ed io seguitava co' miei sospiri repressi e le mie occhiate alla sfuggita. La Signora Egiva disse in tutta confidenza a sua sorella primogenita che il mio sguardo era molto compassionevole, e la Morosina si mise a ridere, perché se n'era già accorta.

La Domenica seguente Messer Filostrato e famiglia vennero alla casa di Anonimo, e passammo con esso loro una bella giornata. La Signora Ottavia amava tanto svisceratamente il suo Anonimo, ch'ella volea mostrare una prova d'affezione fino al suo cortile, e gli diede col didietro un bacio tanto sonoro, che tutti si misero le mani in testa per paura d'un terremuoto.

Sull'ore calde, indorate da un bel sol di Italia, saltammo in una barchetta che attraverso i fossi delle risaje, ci menò ad una vicina fattoria. Non so capire come non si sieno ancor proibiti gli ombrelli in certe circostanze! Quella volta per esempio il Sole era proprio rimpetto alla Morosina, ed ella dovette per convenienza tenersi l'ombrello davanti gli occhi, sicché dei tre soli che m'illuminavano, non restò a me che il più buffone. Scusate la metafora un po' arcadica!

Una vita così romantica si prolungò per tre settimane, ed io non diceva di andarmene. Ci abbisognava una causa più che efficace per tormi al mondo della Luna, e la causa non mancò.

Vi ricordate di quel viaggietto combinato con Anonimo? — ebbene, come suol essere dei progetti anche quello svanì, perché Anonimo per impreviste circostanze non potea essermi compagno, ed io gli dichiarai che avrei fatto la mia parte istessamente, e che sarei partito alla metà di Gennajo. Ora toccavamo la fine di quel mese ed il viaggietto era ancora una Chimera. Voglio darvi un avvertimento. Se avete qualche piano, non esternatelo per carità a chicchessia, perché il raccontarlo è come una certa promessa di porlo ad effetto, mentre gli impegni presi col proprio cervello si possono infrangere, o riaccomodare a piacimento.

Una mattina dunque che nevicava a falde larghe, come la mia mano, io mi congiunsi le mani dietro la schiena, e dissi ad Anonimo: *partirò ai ventinove del mese!* - ed eravamo ai venticinque - e quando il fioccar della neve ebbe tregua, montammo il calesse, e senza tirar le redini, il cavallo più accurato di noi condusse Anonimo a baciar la sua Ottavia, e l'Incognito a cantar l'*Ave Maris Stella* a Madama Morosina. Nota bene che avevamo con noi un bastarduccio cagnolino inglese che si chiamava Bortolo.

Annunciai perentoriamente alle Signore la mia vicina partenza; e Bortolo se ne addiede perché, dopo averla loro annunciata mi si cacciò nel capo un profondo umor nero che si risolse in una pioggia dirotta di bastonate sulla sua povera pelle. Ma cosa volete? nella mia disperazione non avrei rispettato, nonché un cane, nemmeno un Lord inglese, foss'egli anche l'allaccia calzetta della Regina Vittoria. Quello che è storia si è che a Bortolo dispiacque assaissimo la mia partenza, e più il modo con cui gliene comunicai la notizia ufficiale, mentre la Morosina sorrise secondo il solito, e mi volse le spalle... Ah!!! ma questo era un manifesto segno d'amore, poiché le ragazze innamorate sogliono essere facili al rossore, e per conseguenza facilissime a volgere le spalle. La cosa è chiara, e lampante. Ma in quel momento non ebbi il genio d'interpretarla, ed appiccai all'invece discorso con Donna Ribobola, aja di casa, magra, e storta come si può esserlo, e col Messer Acefalo fattore di campagna, piccolo, grasso, e acceso in viso come ogni buon gastaldo. Il discorso fu animatissimo, e gravido di belle osservazioni per me, poiché si mormorava che il cuor peloso di Messer Acefalo, e l'anima magra, e storta di Donna Ribobola fossero legati teneramente dal roseo laccio d'amore. Fortunati loro che non sanno che sia l'amor platonico, e si attengono al positivo! poiché cos'è finalmente l'uomo? — Carne, ed ossa — cos'è dunque l'amore? — Domandatelo a loro che ve lo spiegheranno a dovere.

Non so come fosse, la sera ci dimenticammo Bortolo in casa delle ospiti, le quali n'ebbero tutte le cure immaginabili come ei ben meritava. Ma la mattina esse fecero un conciliabolo per regolare la sua sorte futura, e fu adottata all'unanimità la mozione della Signora Ottavia di farlo latore per noi d'un invito a pranzo pel giorno sussequente. Vidimato il progetto dai capi di famiglia, acchiapparono Messer lo cane, e in mancanza di portafogli gli attaccarono il dispaccio nel sito più acconcio, vale a dire sotto la coda. A quanti ministri senza portafoglio si potrebbe fare lo stesso, poiché di coda ne hanno venti braccia! Finalmente il povero Bortolo fu cacciato a furia di graziose legnate fuori dalla porta. Fortunate loro che non erano dell'anno mille ottocento cinquanta, e che gli abbaiamenti inglesi di Ser Bortolo non giunsero alle orecchie di qualche Console Brittanico, altrimenti una flotta sarebbe accorsa a vendicare l'insulto fatto alla Regina del Regno Unito nella persona d'un suo suddito, e quel ch'è peggio a farselo pagare in contanti. Ma Bortolo si vendicò da se solo, e fece una terribile guerra di rappresaglia a un branco di polli d'India che si pavoneggiavano coi loro ventagli nell'ortaglia vicina.

Nei panni di Ser Cane ogni viaggiatore moderno avrebbe consultato la bussola per orientarsi, ma egli seguì una tattica totalmente opposta. Fiutò i ciglioni della strada, e bisogna dire che noi avessimo lasciato dalla sera scorsa una distinta fragranza in quel sito, perch'egli indovinò tostamente la nostra direzione. Due ore dopo noi eravamo occupati a staccare delicatamente il dispaccio dalla sua celletta, e a fare in ispirito i nostri ringraziamenti alle Signore, dimenticando il povero Bortolo che se li aveva guadagnati con tanta fatica.

Ma anche quel domani fortunato diventò un ieri, e giungemmo alla sera del sabbato. Si fece la solita passeggiata, ed io diceva in mio cuore: — Ah Morosina Morosina! e gli orecchi mi ripetevano: Morosina Morosina — e fin le case, gli alberi, fino i buoi, e le capre che incontrava, pareva mi ripetessero Morosina, Morosina! — Solo il mio cervello ardì mormorare una volta: Ah Incognito, Incognito! — ma io respinsi i suoi rimproveri come inopportuni, e seguitai come Geremia, col mio Ierusalem, Ierusalem!

Ierusalem, Ierusalem convertere ad Dominum Deum tuum! Ah Morosina, Morosina fa buona ciera al tuo... cosa devo dire, se per lei mi sarei accontentato d'essere l'umilissimo servitore? Ah Morosina, Morosina, cosa non farei io per te! anziché gettarmi nelle vicissitudini, nelle peripezie d'un viaggio in così rotta stagione, preferirei venirti a prendere con un mansueto asinello, e poi vorrei che andassimo a paro a paro fino a qualche innocente colonia d'Arcadia, ove passeremmo i mesi, e gli anni divisi perfettamente tra le dolcezze del nostro amore, e le dolcezze della polenta, e latte. Alto là, alto là! mi gridava quell'insulso prurito della Ragione! e la testa mi cadeva allora sul petto che pareva un impiccato. Mi domandate cosa feci quella sera? — Guardai la Morosina, — e la notte? — Dormii saporitissimamente, e questo lo sostengo anche a dispetto di quelli che pretendono ch'io l'abbia passata pensando a Lei.

X

Comincia l'Odissea

dell'Incognito

Si balza di letto alle sei: i denti battono dalla fame, e dal freddo — si rimedia a questi due inconvenienti con una sola ricetta — con una buona colazione; si attacca il cavallo, e si parte.

Indovinate cosa successe pel viaggio: quello che avevamo preveduto, e sperato — un incontro colle Signore, che uscivano dalla Chiesa d'un paesotto, ove avevano deposto le loro agonie a' piedi del Crocifisso; e convien dire che la Morosina avesse deposto anche l'affanno per la mia partenza, perché la trovai vispa, e gaja! — L'imbarazzo, ed il freddo impigliavano la mia eloquenza per cui lasciai la parte attiva della conversazione ad Anonimo e me la cavai con tre profondi inchini.

Tirammo innanzi; fu questo il viaggio più allegro per non dire pazzo tra me, ed Anonimo — per cui mi confermai nel paradosso, che le disgrazie amorose aprono in me una inesauribile vena di buon umore. Anonimo imprecava alla fortuna che gl'impedia di venire con me, io malediva alla sorte che mi sbalestrava chi sa dove, e mai non furono registrate nel zibaldone del diavolo bestemmie più comiche, e di più buona grazia. Anonimo non sapeva ancora un'acca della passione amorosa che mi rodeva le viscere, ed io me la aveva quasi dimenticata.

Ad un pranzetto che ci imbandì un oste al luogo di nostra separazione, io era l'uomo più felice del mondo, ed aveva collocato tutta la mia compiacenza in un bel pollo arrostito che mangiai da me solo. Che felicità possedere, ed avere nella pancia tutta la compiacenza! — È vero che la digestione in seguito la fa svaporare! — E così fu di me, come vedrete fra poco. Ci baciammo, ci ribaciammo, ci femmo mille promesse, si riattaccò il cavallo, e Anonimo tornò addietro, ed io bevetti un caffè.

Dopo quel caffè incomincia il primo capitolo della mia Odissea. Incomincia la Tragedia dell'amor mio, che ora è pieno, ora mezzo, ed ora un quarto a un dipresso come la Luna.

Il caffè irrita i nervi, e precipita la digestione — questa fu la prima peripezia del mio viaggio, poiché la memoria della Morosina si riebbe della prima sconfitta, e rinforzò acerbamente attraverso il fumo d'uno zigaro che mi sognai d'accendere per la mia ultima rovina. Corpo di mille diavoli! sclamai — non posso vivere senza di lei! — e un mio conoscente di quel paese mi sfidò a sei partite al bigliardo, e dopo la seconda aveva scoperto che si potea vivere discretamente anche giocando al bigliardo. Colsi il momento favorevole, e partii. — Guardate la disdetta! — M'imbarcai col mio baule in un cassettone che per una bizzarra ironia si chiamava una carozza. Era tanto sepolto in quella specie di catafalco mobile che io non vedeva che il cielo, e non sentiva che i sussulti delle mie povere ossa che mi rendevano un conto esatto del numero dei sassolini su cui sdrucciolavano le ruote. Mi sdrajai al colmo dell'avvilimento sulla pancaccia della vettura, e andava pensando: — O quanto era più felice seduto su una buona scranna immerso nella contemplazione della mia incomparabile Morosina, e delle rispettive sue smorfiette! Poiché in quella botte assai peggiore di quella di Diogene io la giudicai insuperabile! Ma il vetturino mi pregò a mezza la via di permettere che una sua nipote sedesse con me sino ad un paese vicino, ed io così come un automa ammiccai di sì. Montò una ragazzotta — l'automa non tardò molto a stabilire un paragone fra essa, e la Morosina, e conclude che ai giorni passati la Morosina era bellissima, incomparabile, e che al giorno d'allora era più incomparabile di Lei la mia compagna di viaggio.

E l'incessante sobbalzar delle molle mi faceva cascar sopra di Lei. Come era morbida! — era una qualità codesta che non aveva ancora esplorata nella Morosina. Ad una scossa più forte fui tanto spaventato che la presi per mano. Insomma in capo a mezz'ora scopersi in quella ragazzetta sette, od otto virtù che erano per lo meno dubbiose assai nella mia Morosina. — Grazie Signore — a rivederla — Buon viaggio! mi disse con una vocina d'angelo, e pensai a lei per tre quarti d'ora, ma a poco a poco la sua faccia rosea e pienotta si cambiò in un visino pallido, ed ovale, le sue mani rotondette si profilarono, i suoi denti (bisogna che lo dica ad onor del vero) diventarono più piccoli, ma meno bianchi, e la figura della Morosina prese il suo posto.

Lì era il punto per decidere la gran questione fra il Classico, ed il Romantico, fra il viso sentimentale della Morosina, e le guancie grassotte della mia nuova conoscente. Ma io non era giudice competente, perché come dissi, la memoria della Morosina tornava ad assassinarmi. In qual modo? — con qual incantesimo? neppur ella lo sa, ma lo so però io, e non lo voglio dire perché gli è un incantesimo tanto stupido da dar la fama di stupido anche a me che mi ci son lasciato accalappiare. Tutto ad un tratto il calesse s'arrestò, e un omaccio rosso e bernoccoluto s'appresentò allo sportello facendo udire un certo mugolio da cane di guardia che volea dire — Il passaporto! — Il passaporto! o cosa angelica, e veramente celestiale che gli è il passaporto! — invenzione celestiale per loro Signorie Illustrissime i Poliziotti che ne convertono il ricavato in tanto lardo di peso per la loro trippa — celestiale, e divina per i birbanti che sotto la sua salvaguardia hanno il diritto di essere creduti galantuomini — celestiale pei gabellieri che ci trovano sempre una qualche irregolarità regolarizzabile mediante un pajo di lire.

Dopo sì cospicui vantaggi chi bada mai se il passaporto è un incomodo pei poveri viaggiatori! — poiché a vero dire il passaporto li mette tutti anima e corpo in arbitrio della Polizia, e sapete ch'ella usa assai liberamente de' suoi raccomandati. Sporsi il mio passaporto, e il buon uomo rosso, e bernoccoluto mi fece qualche difficoltà. Io per risparmiare le due lire stimai opportuno di montar sulle furie — e mi riscaldai in modo che dimenticai me stesso, la Morosina, e fino il diritto di qualche Maestà che io violai in quel degno funzionario, dandogli uno scappellotto. Come succede agli sventati dovetti pagare le due lire — più un vistoso compenso per l'insulto fatto all'impiegato, e proseguii il mio viaggio in compagnia del Signor Din-Don che impiegava dieci ore al giorno di tavoletta per sottrare dieci anni alla sua fisonomia.

Questo scioperato Signor Din-Don col suo continuo din-don di scempiaggini, e di frivolezze lambiccate mi annojò tanto che per divertire le mie forze mentali stimai buon alleato anche il dolore. E qual dolore più fiero per me che il rammentarmi della Morosina! e il pensare che forse non l'avrei vista per un pezzo! e il pensiero della Morosina scacciò le cattive impressioni prodottemi dall'avventura del passaporto, e dal cicaleccio del Signor Din-Don.

— Ferma vetturino! — ferma!

— Cosa c'è cosa c'è! va fuori la ruota?

— Altro che ruota, altro che ruota! Allegria! Viva questo, viva quello! C'è, c'è, e poi c'è... Indovinate cosa c'era? C'era una notizia che mi fece diventar mezzo matto, una notizia per la quale avrei regalato due Morosine per uno a tutti i bimani di questo mondo — fu una notizia in breve che io non voglio dire, ma che era bella, e bella, e poi bella assai.

Addio, Morosina! Qual fibra del mio cervello si commosse allora per te? Qual goccia del mio sangue conservò il fuoco dell'amore, che un'ora prima lo faceva ribollire nelle vene?

Mi consacrai corpo, ed anima all'allegrezza di quella buona novella, e per goderla con più comodo mi diedi a considerarla sotto tutti i punti di vista. La diveniva sempre più bella, ed io seguitai a farle cambiar banda! Bestia ch'io fui! non sapeva che ogni cosa buona di quaggiù ha un confine! — Pensai che doppiamente io sarei stato contento versando in un cuor sensibile la piena della mia gioja.

Questo fu il punto di vista che bastò a far andar in fumo la splendidezza degli altri. Qui cominciai il solito ritornello: Ah Morosina, Morosina! — E il torrente che le altre volte s'era limitato alle minaccie questa volta straripò! — per cui afferrai una penna, e scrissi in tutta furia ad Anonimo — che io era lì lì per morire, e che amava la Morosina!

Mi domanderete perché attesi a dichiararmi in un momento tanto critico, e vi risponderò che più facilmente si ottengono le Indulgenze *in articulo mortis*. Quella lettera fu come un condotto per cui svaporarono i fumi del mio cervello.

La gettai nel buco della posta, come gettassi la mia vita, e tornai all'Albergo, ove vegliava di sentinella il Signor Din-Don il quale mi spifferò così su due piedi una vaghissima tiritera di sciocchezze alla moda.

— Vuole che facciamo quattro passi?

— Facciamo pure.

Era una giornata superba di quelle tali giornate che compensano gl'Italiani di tutti i loro malanni. Il bel mondo della città era uscito dalle stuffe in abitino attillato per pigliare un po' d'aria — presso a poco come un abito che si sbatte dal pepe, e dalla canfora, e si stende al sole per salvarlo dal tarlo e dalla muffa. Mille Signorine vestite di seta sbucavano dalle cantonate, e spazzavano le strade colle loro code di seta. I miei occhi diradarono la nebbia della concentrazione, e finirono col perdersi dietro le fantastiche loro gambe. Sarebbe possibile ch'io amassi il genere per la specie e viceversa? Le gambe quinquagenarie dell'elegantissimo Signor Din-Don sudavano nel tener dietro alle mie, e il povero diavolo era trafelato in maniera che non potea più dir parola. Alla fine m'afferrò risolutamente pel gabbano, e si mise a scampanare a disteso che quasi me lo strappava.

Allora era per l'appunto immerso nella contemplazione d'una brunetta grassoccia dagli occhi celesti che spuntava da un portico, e il cadere dalla soave adorazione della beltà al muso imbellettato del Signor Din-Don fu per me come la caduta di Lucifero. Mi rivolsi ancora verso la bella, e la bella era scomparsa, mi voltai tutto stupefatto verso il Signor Din-Don ed il Signor Din-Don per mia ultima malora, era sempre lì con due occhi ispaventati, e supplichevoli, e col mio gabbano stretto fra le due mani. Mi lasciai commuovere dall'attitudine compassionevole del suo viso, e lo rimorchiai passo passo fino a casa, piena la testa delle celesti, e terrene fantasie che m'avevano inspirato le *houris* del passeggio. E sognai tanto, e sognai tanto, che alla fine m'addormentai, e nel sonno i sogni cambiarono affatto registro. Mi pareva che la Morosina pallida, e severa rimproverasse al mio pensiero la sua infedeltà. La sua voce era tanto flebile, e moribonda, che le mie orecchie rintronavano ancora de' suoi gemiti quando m'alzai. La prima mia parola fu: *al diavolo i sogni*, e la seconda: *Portatemi da colazione!* Ma questa ricetta valevole per tante malattie valse assai mediocremente per la mia, ed io rimasi coi rimproveri della mia Morosina fitti in cuore come tanti chiodi d'acciaio. In tal momento solenne scrissi una lettera ad Anonimo significandogli il mio testamento, e pregandolo di significare alla Morosina ch'essa era quella che mi rimetteva alle mani caritatevoli del prete, e del Notajo.

Immaginate cosa disse Anonimo al ricevere la mia prima lettera, e peggio poi la seconda. Si narra ch'egli non abbia detto nulla per la sorpresa, che si abbia morsicate le unghie per la consolazione, e che sia corso di trotto dalle Signore a perorare la mia causa. Certamente poi egli mi rispose con un piego tutto odoroso di fiori amorosi, e di acqua di muschio.

Io consegnava alla cameriera dell'Albergo un capo che abbisognava di bucato, quando il portalettere me lo rimise. Quella lettera capitata in quel punto mi fece l'effetto d'un soavissimo emetico. Mi sconvolse lo stomaco, e risposi ad Anonimo che le sue buone speranze m'avevano spinto a piedi nel culo fino al colmo della felicità.

Io era giunto finalmente al termine del mio viaggio, e la strada montagnosa che si percorreva, l'aria pura de' monti, le belle vedute, m'avevano tratto fuori dal mondo. E poi che cosa non si dimentica arrivando in una città abitata da migliaia di statue, dove gli artisti, ed i geni profusero le loro ispirazioni, dove dieci secoli sudarono per innalzar templi, e palagi! — Qual potenza umana può incatenarti quaggiù, quando un quadro di Raffaello t'invita al Paradiso? — Quando i monumenti delle glorie antiche della patria fanno rissonar nel tuo cuore quel sentimento che soffoca tutti gli altri?

Cosa siete voi Ottavie, Egive, e Morosine davanti a tutto ciò? Grani di polvere vivente! — suscitatrici di affetti ciechi, e irragionevoli! — Cedete cedete il campo alle sublimità del genio che ci trasportano in quello spazio di meraviglie ch'essi hanno creato! — Affetti grandi, ed infiniti son questi, che voi non sapete ispirare, perché uno scipito sorriso, una smorfia melliflua non può paragonarsi alla impronta, che il genio imprime per l'eternità nelle opere sue! — Io vi lascio quel Signor Din-Don che mi annoiava tanto colle sue puerilità, vi lascio i mille altri che sprecano il fuoco che li tien vivi nell'ammirazione della mediocrità! Una statua Greca, un capo-lavoro di Canova è cento volte più apprezzabile di voi! — Immagini son esse di quelle Silfidi eteree che si beano sempre di se stesse nella spiritualità della loro esistenza, mentre voi pretese vergini divine, mangiate, e bevete, e vi abbassate a tutti gli atti prosaici, e naturali d'un facchino di piazza.

Frammezzo alle statue di Canova ed ai quadri di Raffaello incontrai un mio compagno di Collegio, che si annoiava classicamente. Dopo le accoglienze oneste e liete gliene domandai la cagione, ed ei mi rispose in questi termini.

«Tu sei un pazzo maledetto, a immaginarti che ciò che ti piace oggi ti debba piacere domani! Anch'io volava in estasi la prima volta che feci conoscenza con tutti questi Signori di pietra, e di tela, ma dopo averli passati in rivista dieci volte, e trenta cominciai a sospettare che fosse una seccaggine l'incontrarsi sempre con un Bacco che ride eternamente, con un Apollo che gratta sempre la cetra senza cavarne pure uno strillo, con una Maddalena che non si consola mai, con una Leda che tenendo voluttuosamente, e continuamente il suo cigno sotto del manto è un sarcasmo scolpito contro la brevità de' nostri piaceri — e sbadigliai! — Guai a chi fa il primo passo! — dopo quel giorno ebbi la sfacciataggine di sbadigliare sul muso a tutti questi Signori di pietra, e di tela, che dal canto loro si mostrarono insensibili ad una sì incivile dimostrazione: - Movimento, ci vuole, movimento! Due discreti occhietti, e due manine d'una crestaja vagliono assai meglio delle occhiaje senza pupille, e delle mani agghiacciate di tutte le belle statue di questo mondo».

Ed io lo motteggiai, ma venti giorni dopo, mi trovai perfettamente d'accordo con lui, poiché mi stancai di conversare con gente senz'anima; e per trovar sul fatto uno che mi rispondesse, mi diedi a conversar con me stesso — e di pensiero in pensiero rinculai fino all'epoca della mia partenza da casa, e mi trovai in faccia all'inevitabile Morosina — e in conseguenza vergai un'altra lettera piagnolosa per Anonimo, in cui mi spacciava per bello, e morto.

E siccome mi si disse che pei morti in una vicina città v'era un famoso Campo Santo — così per questa, e per molte altre ragioni mi affrettai ad andarvi.

Messomi in viaggio con una buona compagnia d'amici vi arrivai più vivo che mai, ed in tutta quella giornata non si fece che ridere delle cose ridicole, e delle cose serie di questo mondo.

L'indomani si passeggiava qua, e là, e andando a zonzo si sbirciava per le finestre, dove faceano capolino certi visetti fatti apposta per innamorare. Ad un finestrone d'una modesta casa scopersi una bella giovinetta dagli occhi, e dai capelli neri, snella, e bianca come un angelo. Guardai lei, e per conseguenza la casa, e decisi che sarei stato fortunatissimo se potessi procurarmi in quella un quartiere. Come in risposta alla mia intenzione era appesa ad un'imposta la scritta — *Camere ammobigliate*. Battei le mani, guadagnai a salti la scala, e all'indomani io era accasato nella mia nuova dimora.

Vi sono certi giorni che passano veloci come il lampo, ma che lasciano una traccia indelebile nella memoria, e nel cuore. E tal fu il primo mese ch'io passai in quella casa benedetta! — La primavera cominciava ad inghirlandarsi di viole, ed io era come un gardellino nella sua gabbia che è sempre vispo e saltellante, e pare non si accorge della sua prigionia!

E qui come vincere la mia vergogna nell'incastrare questo secondo amore nella storia del primo! — poiché di chi volete che prigioniero io mi fossi, se non del bell'Angelo che mi aveva ammaliato dalla finestra?

Cosa volete? mi scuserò colle parole di Messer Dante Allighieri - perché io aveva portato meco di quel d'Adamo - ed in che abbondante dose! — Figuratevi la Signora Fanny che avesse in sé qualche cosa di quel di Eva, e poi fatene le necessarie deduzioni. A vantaggi tanto palpabili non poté resistere l'impalpabilissimo amore che aveva recato meco dal paese natio, e benché qualche lettera di Anonimo gettasse un rimorso nel torrente delle mie voluttà, io credo per altro che ciò non fosse che un piacevole diversivo, poiché gli era come un sasso intorno a cui le onde del torrente gorgogliavano più rigogliose e spumanti. Ma la disgrazia che pesò allora sulla mia povera patria compunse il mio cuore traviato nel labirinto delle terrestri felicità, ed una fosca malinconia mi travagliava dalla mattina alla sera.

— Siccome un buon sentimento risveglia in noi tutto ciò che vi resta di buono — così l'amor platonico in quell'emergente riprese il disopra, e diede a quella malinconia un colore tanto minaccioso, che per salvarmi dal languore a cui m'aveva condotto una dolorosa contrazione di quasi due mesi, dovetti ricorrere a mezzi violenti. — Vane scuse d'un amore colpevole! — dirà taluno — ma pure il fatto è tal quale ve lo narro.

E uno dei mezzi più violenti, fu l'inebbriarmi nei blandi abbracciamenti della soave fanciulla, che altre volte aveva ammaliato i miei sensi, e che morria della voglia di ammaliarmeli ancora! — Annegai nella sensualità ogni mia angoscia, e se questo si chiama abbrutimento, io vi giuro che non fu mai abbrutimento più beato del mio.

Indovinate quanto durò questa faccenda? Più di due mesi, e non finì più se non per dar luogo ad un'altra peggiore di molto. Perché stanco dei godimenti materiali, sognai di nobilitare me stesso con una fiamma pura, e sublime, e il saltare di colpo alla intuizione della Morosina essendo uno sbalzo incompatibile col mio spirito sensualizzato cominciai a far d'occhiolino alla Signora Angiolina che abitava dirimpetto alla mia camera. E le cose andarono tanto in regola che dopo due giorni giurai di amarla eternamente; cosa che mi ricorderò scrupolosamente di eseguire giunto ch'io sia nell'eternità.

Così mollemente barcheggiandomi fra Angiolina, e Fanny come una gondola fra due dolcissimi flutti, ora era sospinto verso il puro ideale della poesia ed ora verso il furore divampante della realtà.

L'anima, ed il corpo si saziavano d'ogni beatitudine, ed il pensiero spettatore delle loro contentezze esclamava: Io ho sciolto il problema! — si può esser felici in questo mondo un mese e mezzo! Ma il giorno dopo non potei aggiungervi un giorno di più, perché io calpestai indegnamente il letto di rose su cui riposava la mia felicità!

Io inclino a credere che l'uomo si stanchi d'esser contento — poiché una mattina che il portalettere mi porse un piego, io lo afferrai come se da quello fosse dipenduta ogni mia fortuna. Eppure io non mancava di nulla! Miracolo di Dio! Era Attilio che mi rispondeva tardamente ad una mia di due mesi addietro — egli mi mandava con tutta la possibile venerazione una ciocca di capelli della mia adorabile beltà, e quel virgineo pegno d'amore riuscì tanto nuovo a' miei sguardi avvezzi a pascersi delle cose meno ideali ch'essi mi ruotavano nelle orbite come due girandole. Miserabile! dissi a me stesso — e non sai tu comprendere la purezza d'una passione? Il mio amor proprio si mise in capo di comprenderla per forza — e vi riuscii tanto bene che dopo pochissimo tempo rinvenni nel mio cuore un cantoncino fatto apposta per l'amor platonico, e per la mia Morosina, e da quel cantoncino nelle ore notturne sbucciavano a migliaia le amorose idee consolatrici de' miei sonni. Del resto nelle ore diurne non era cresciuto, né calato, il corso degli affari, e per un capriccio venutomi così per sorpresa, non avea voluto abbandonare le vecchie mie conoscenze.

Che giorni deliziosi eran quelli! — Essi succedevansi l'un l'altro colla monotonia della contentezza, uguali e beati!

Mi ricorderò lungo tempo d'un viaggietto fatto colla mia innamorata e col suo gentile Papà. Il prudentissimo uomo aveva noleggiato una vettura mezzo coperta capace di tre persone e sedeva in mezzo fra me, e la Fanny tenendo superbamente in mano le redini del più magro rozzone che abbia mai strascinato carretto. Ma i mantelli che ne impacciavano molto lo costrinsero dopo due miglia a collocarsi in sul davanti, e noi due accosciati petto contro petto ce la intendevamo tanto bene per di dietro alle sue spalle, che mi vengono ancora le orecchie calde a pensarvi. E alla sera smontammo ad un bel paesetto, ove si dormì saporitamente, così almeno assicurava il buon Papà, poiché io e la Fanny non diremmo altrettanto sulla tema di dire bugia.

Quante graziose passeggiate non si fecero in venti giardini sopra verdeggianti colline! — quante salite sopra poggi aerei incoronati da folti cespugli, ove il caro vecchio non poteva salire perché pativa di asma! E come noi lo consigliavamo premurosamente di non moversi troppo per non guastarsi la salute!

Indi arrivati in una città, ove le arti hanno eternato se stesse, come faceva io osservare alla mia bella quelle care ispirazioni del genio che ogn'anima amante non può disconoscere! — e com'ella beveva ingordamente le mie parole, e come s'animava la sua pupilla all'amorosa vivacità de' miei gesti, e come arrossavano d'un fuoco di voluttà le sue guancie quando le mie labbra nella solitaria cameretta dell'Albergo si piegavano verso di essa, mentre il Papà era in chiesa ad ascoltare la Messa! — O benedetta la devozione! O benedetta la mia Fanny dai baci di fuoco! O benedetta la mia Angelina dalle occhiate sentimentali! — O benedetta la mia Morosina così dolce, e lusinghiera nel vapore ondeggiante dei sogni! — O com'è soave l'amor platonico dopo cinque minuti di amore strettamente terreno! Ma prima, chi volete che creda al platonismo dell'amore in questo secolo corrotto, in cui unici ritegni alle brutali passioni sono tre bottoncini di osso appiccati con un filo di seta! — Io no certo mio Dio! — e se ci credo, ci credo esclusivamente in certi momenti nei quali le passioni fiaccate non osano ancora rialzar il capo! — Ma in que' tempi di cui parla la mia istoria ci credeva meno di adesso.

Alla mattina fumando il mio zigaro con tutto il buon umore possibile dava una lezione di Calligrafia alla cara Fanny la quale, lo confesso, di queste robe ne sapeva meno d'una gallina; e a quella Lezione quante lezioncine accessorie andavano unite! Quante volte mi toccava riaccendere il zigaro che per distrazione avea lasciato spegnere sul tavolo!

Poi si passeggiava, si desinava allegramente, si leggeva, — si passeggiava ancora, — e alla sera si faceva una partita cogli amici bevendone un bicchiere del buono, e con pochi soldi; sul far della notte la vocina tremolante dell'Angelina m'inchiodava sotto una persiana verde per più d'un'ora — e mi faceva presentire in parte il sentimento spirituale, e sublime che coloriva i sogni delle mie notti, divinizzati sempre dalla presenza dell'incomparabile Morosina.

Bisogna essere di stucco, oppure essere un critico inesorabile per non intendere le celestiali attrattive d'una tal vita, massime per ciò che riguarda le lezioni di Calligrafia... poiché mi si concederà che lo insegnare agli ignoranti è un'opera di misericordia, e non può che fruttare soddisfazione, e contento alla nostra coscienza. Quanto alla parte più prosaica, cioè alle passeggiate, al pranzo, e alle conferenze cogli amici, oh quanto sareste felici se aveste conosciuto al pari di me il terribile Polifemo, terribile vuotatore delle nostre caraffe, e l'irascibilissimo Andrea, che da buono e cristiano Lombardo giuocava alla mora masticando bestemmie, e il burlevole Maso, eloquentissimo ostiere che ripeteva dieci volte una cosa per imprimerla bene nella testa come un Maestro di Ginnasio — e l'onorevole Giacometto Mastro Pentolajo dei più classici dei dintorni, e mille altri che vagliono certo assai, ma che sommati insieme non varrebbero neppur una coscia del primo, neppur un'unghia del secondo! Del resto essi erano solazzevoli compagnoni; e molte risate si diedero alle spalle dei buoni terrazzani di que' paesi che vivono alla moda de' nostri bisnonni, colla Madonna Addolorata da un lato, l'Acquasanta dall'altro, e col Rosario in mano.

Anonimo (ci s'intende bene), di tratto in tratto scriveva delle lettere patetiche, ed amorose come quelle di S. Paolo, ove mi dimostrava coll'algebra, colla logica, e col calcolo sublime che doveva correre prestamente a piedi dalla bella Morosina per gustare una felicità, diceva egli, che appena trovasi in Paradiso, — ma io mi ricordava il caso di Fetonte, e non mi sentiva per nulla disposto a lasciare i beni di questa terra per spaziar sulle nubi! per cui gli rispondeva: — Piango — sospiro — son disperato — no; anzi rido, spero, volo nei campi della speranza! — Cose incongruenti a prima vista, ma congruentissime, ove si supponga che colui che le scrive abbia il cervello in evaporazione. E Anonimo suppose così, e trovò le lettere d'un gusto assai originale.

Insomma per finirla, e per accorciarla venne il caldissimo mese d'Agosto; e a certi medici che avevano un'illimitata autorità in quei paesi parve bene ch'io avessi bisogno di respirar l'aria natia. Me lo consigliarono dapprima, e trovandomi ricalcitrante, aggiunsero ai consigli alcuni eccitanti formulati in modo, che io non dubitai punto, che sarebbero passati ai mezzi più violenti e proprj dell'arte per la mia guarigione, se me la prendeva più a lungo su per le dita.

Pensando a quei giorni mi vengono ancora le lagrime agli occhi, massime se son seduto presso ad un camino che m'affumichi gli occhi, come ora che scrivo. Io scappava qua, e là pel paese da quei medici spiritati che volevano guarirmi a mio malgrado. Ma se m'abbatteva in un paesano, e gli chiedeva da pranzo — egli solo all'udir la mia pronuncia gridava inorridito: *È un appestato!* Se io entrava in una locanda, e sporgeva il mio passaporto, l'oste osservava ch'esso era scaduto, — e gridava come un indemoniato: *Ha il colhera costui, ha la lebbra, fu spedito dai medici!* Ed io di soppiatto me ne ritornava dalla mia Fanny, e vicino a lei mi sentiva sano come era di fatto, ed ella non aveva paura d'una malattia tanto innocente com'era la mia.

Chi mi dà i tetri colori del sepolcrale Ioung, per descrivere quel giorno fatale in cui presi la risoluzione di troncar una vita tanto fastidiosa, e d'allontanarmi dai siti delle mie buone avventure? Ma adesso che ci rifletto — è meglio che quei colori nessun me li dia, perché andrei a rischio di spaventare i miei pazientissimi leggitori! Perciò è meglio raccontar l'istoria asciutta, asciutta, e lasciar da banda il prestigio immaginativo.

Richiamai intorno al mio cuore tutto lo stoicismo ch'ebbi a mia disposizione; lessi una pagina sdegnosa di Jacopo Ortis, e due canti dell'Ariosto; regalai un paio di scarpe rotte al mio ciabattino per lasciar buona fama di me in quei paesi, e allungai tanto il mio collo verso la persiana verde che scoccai il primo, ed ultimo bacio sulle labbra dell'Angelina. Ciò fatto preparai il mio bagaglio, e m'assisi silenzioso al fianco della mia Fanny.

Udiva l'orologio che batteva dal taschino, e qualche singhiozzo della mia bella — ma l'orologio continuava impassibile il suo moto, e i singhiozzi invece si convertirono in un dirotto pianto. Le mie labbra furono la coppa in cui si versarono quei caldi lagrimoni d'amore, e il mio cuore palpitava con tal forza che mi strozzava la gola, cosiché ogni qualvolta volea formare una parola mi veniva all'incontro da piangere. Unica consolazione che io le potei dare fu lo stringerla fra le mie braccia! — Ma questo non fece che raddoppiare d'intensità il suo cordoglio, e render me più perplesso. Dovea io fuggire all'impensata per togliermi a uno spettacolo che avrebbe finito col metter a nudo la mia debolezza?

No - no 'l doveva, ed io no 'l feci - poiché una profonda stima, ed un vivace attaccamento era subentrato in me alla mia simpatia leggiera per quella buona ragazza.

Ristetti un poco, e ritrovando finalmente un filo di voce: — Consolati, le dissi, o mia Fanny! ti scriverò sovente! e chi sa che qualche volta il destino non mi porti ancora fra le tue braccia!

Ella mi rispose con uno sguardo pieno di riconoscenza, e d'amore — il sorriso tremolava sul suo labbro, le lagrime sul suo ciglio, e il dolore della mia partenza, e la speranza di rivedermi le toglievano al pari la parola.

— Consolati! le soggiunsi, e posai un bacio sulle sue labbra, e m'involai da quella stanza, mentre ella cadeva colle mani al viso sopra un divano, premendo la bocca con un guanciale, perché le sue strida non rendessero a me più amaro il distacco!

Io partii col cuore stracciato un minuto dopo, perché il calesse mi attendeva alla porta, e giurai in mio cuore di scrivere alla Fanny e di tornare a rivederla. Così potessi io mantenere a me stesso la seconda parte del mio giuramento, come ho osservato fedelmente la prima! — Abbiti su queste carte un ultimo saluto, o la migliore delle donne che abbia mai incontrato quaggiù! — Tu hai compreso l'amore per un sacrificio, e mi hai offerto tutta te stessa! Malanno a quelle che chiaccherano d'abnegazione, e d'amore, e nell'estremo fervore dell'estasi ti domandano freddamente: Quando mi sposerai?!

Rifeci mestamente il viaggio che sette mesi prima aveva fatto col Signor Din-Don, e ove si ometta una fermata di due giorni in un cattivo albergo di montagna per la mancanza d'un visto al passaporto, un tempaccio d'inferno, e un malumore continuo, il mio viaggio fu abbastanza felice. Appena toccato il suolo natio fui d'un salto al paese d'Anonimo perché l'amicizia ch'ei m'avea dimostrato nella mia lontananza lo legava dolcemente al mio cuore; e poi (ingrato ch'io era) la Fanny cominciava a dileguarsi dal mio cuore, e vi subentrava la Morosina.

È una verità sconsolante questa, ma pure va detta! che il mio amore si regola a miglia, e che egli sente quasi sempre una propensione più decisa per la più vicina.

Mi fu detto esser Anonimo alla tesa delle quaglie — e io mi vi recai tantosto, si era impaziente di riabbracciarlo. Figuratevi s'egli rimase stupefatto di vedermi in quel luogo alle due dopo mezza notte! La sorpresa peraltro non gl'impedì di riabbracciarmi a più riprese, e di serrarmi cordialmente la mano.

— Finalmente! - egli mi disse - io ti aspettava fin da ieri come m'avevi scritto.

33

Io gli narrai l'incidente della irregolarità del passaporto, e dopo due minuti di silenzio, soggiunsi: — Bella davvero che per prima occupazione nella mia terra natale mi tocchi acchiappare delle quaglie.

— Se ne acchiapperemo! ei rispose dando un'occhiata al cielo burrascoso — ma pure accontentati che la seconda sarà di acchiappare un'amante!

— Cioè di abbracciar la Mamma.

— Hai ragione! tutto in regola di natura!

— Vedi però che le regole di natura furono dimenticate a tuo riguardo!

— Bel merito Signorino! Son proprio sulla strada postale, e non avevi che a smontare per trovarmi!

— Proprio? e poi far quattro miglia in una fanga orribile per venirti a sorprendere nella caccia delle quaglie!

Egli sorrise a questa mia appendice, e interruppe il dialogo chiedendomi qualche notizia del mio viaggio. Io gliene raccontai molte, e molte — e finalmente venuto giorno uscimmo per veder pure di cacciare in gabbia un po' di selvaggina - ma non ci fu verso - e le quaglie o non c'erano, o si beffavano di noi.

Buono per Anonimo che quella mattina la mia compagnia di cui era privo da tanto tempo gli tolse il tempo di bestemmiare per una notte spesa sì male!

Tornammo al paese, e la mia gioja fu al colmo trovandovi mia madre, e i miei cari fratellini, che mi erano venuti incontro. Non si usano descrivere nei racconti simili emozioni perché ogni penna maestra vi farebbe una cattivissima figura, per cui io che mi tengo assai peggiore degli altri, non mi ci proverò nemmeno. Basta il dire che mia Madre mi consigliò di non entrare per allora in città, perché l'aria era poco salubre per individui che si trovavano nel mio stato — ch'essa vi ritornò non pertanto la sera appresso — e che io, ed Anonimo ci mettemmo in viaggio verso quei platani, e quei pilastri di cui vi ho fatta la descrizione molte pagine indietro.

XI

Interruzione

del Signor Stracotto

— Carissimo Signor Incognito: e questa dunque è la vostra Odissea?

— Per l'appunto.

— Bella cosa davvero! Non avete camminato per trecento miglia in sette mesi, e siete sempre corso per istrada postale, e la chiamate un'Odissea?

— Avete ragione! ma se gli Eroi d'Omero, e i suoi giganti sono diventati oggimai uomini mediocrissimi, e nani, perché non potrò chiamare un'Odissea anche una passeggiata?

E poi s'io non passai per Scilla e Cariddi ebbi però a lottare con tre amori alla volta, il che è peggio, e poi, e poi...

— Ma scusatemi, e perché farmi un sì bel panegirico dei vostri amori colla Signora Fanny, mentre per guarire la mia malattia dovreste imprecare fino al nome d'amore?

— Eh, Eh! mio caro! l'amore non è sempre uno, né sempre detestabile! il vostro abbisogna solo di esser deviato! Credetemi! sentendo il resto della mia storiella v'accorgerete che la sublimità, lo spiritualismo della Morosina non mi ha fatto gustare la metà dei contenti, che provai nell'amore materiale, e terreno della Fanny. Deducete una generale dal mio esempio — regolate dietro quella generale la vostra condotta e sarete guarito. Credete a quelle che vi baciano, e non credete a quelle che aspettano d'esser baciate; sopratutto abborrite le donne che vogliono parer disinvolte! è questa la morale delle restanti mie ciacchere.

XII

Prologo ovvero preparativi

all'amore

Riprenderò dicendovi qualche cosa di quello che Anonimo aveva fatto durante la mia assenza. Da bravo avvocato egli aveva perorato la sua causa e la mia. Egli era passato per un cielo senza nubi, aveva consumati i suoi giorni baciando la sua Ottavia, pensando a lei, scrivendole spesso, o leggendo le lettere ch'ella gli scriveva; e a dispetto di quelli che asseriscono, il contento trovarsi nelle varietà, aveva goduto di sette mesi d'incessante delizia assorto in una sola occupazione. Non vi maraviglierete dunque s'io lo trovai di buonissimo umore, e facilissimo a sperare, ed a credere alle più lievi congetture — tale è il destino della gente felice.

Ed egli già s'immaginava di far le sue nozze colla Signora Ottavia, e di congratularsi con me delle mie gioje coniugali divise coll'incomparabile Morosina.

Mi raccontò poi vari incidenti della sua vita, che non avevano nulla di particolare, ma che interessarono molto un amico come era io. Mi raccontò che in casa delle Signore, bazzicava un certo Dottor Torototella famoso ciarlatore che teneva sempre la lente all'occhio, e che voleva aver sempre ragione.

— È un buon giovane! mi disse — cioè non c'è male! — ma ha la pretensione di fare l'uomo di spirito, e questo è quello che guasta l'altre sue qualità.

O Dottor Torototella tu fosti proprio il mio angelo tutelare! — Io non supponeva nemmeno per ombra in quei giorni di rosa la gratitudine che mi avrebbe legato a te! e meno poi la specie curiosa di quella gratitudine! Basta! il negare che il destino sia il miglior Romanziere del mondo sarebbe il negare l'esistenza di se stessi, e la malizia del genere umano.

Mi diede notizia poi dello stato famigliare del Signor Filostrato. Esso aveva adoperato nel curare i propri interessi la logica che usava nel ragionare di politica, e l'esperienza gli era riuscita fatale. Aveva fatto debiti sopra debiti, e finalmente si era buttato per disperato, e non voleva più pensare agli affari suoi, lasciandone la cura alla Providenza, la quale (sia detto col dovuto rispetto) è il peggior amministrator che si trovi. La sua cara metà, e le tre figliuole, avvezze ad un viver agiato, non volevano ridursi ad una stretta economia, per cui il dissesto si faceva più grave.

Sono povere — soggiungeva Anonimo — meglio così: vedranno che non le sposeremo per interesse! — e così dicendo rideva e diceva le cose più pazze del mondo e non cessava dal benedire la sua Ottavia della quale, diceva, un sol bacio val la dote d'un milione. Il suo umore influì sul mio. Le lodi sterminate ch'egli tributava alla mia futura metà misero in moto la mia immaginazione. Io me la fabbricai a mio modo, e vi assicuro che il modello non era dei cattivi. Fu mia debolezza se m'innamorai d'una creatura della mia immaginazione? Fu mia colpa se quando trovai la Morosina di carne ben diversa dal mio idoletto ideale, il mio amore si risolse in acqua fresca? Meditate su tal proposito, che io vi narrerò intanto come io, ed Attilio montassimo in un calessino. Non è bisogno che vi precisi la direzione del viaggio — lo indovinerete quando vi dirò che il mio cuore era tanto riboccante di sentimenti, e la mia mente di contraddizioni, che durante la strada pensai, e pensai, e non venni ad alcuna conclusione. Anonimo si beffava delle mie incertezze, ed io consentiva con lui d'esser degno d'esser fischiato.

Passammo tramezzo ai famosi pilastri; ed eccoci ambedue smontati rimpetto alla porta di casa. Nell'andito trovammo la Signora Nonna che zoppicava per una caduta, e una bimba di due mesi che strillava a più non posso. Questi non erano gli oroscopi più fortunati — tuttavia io non sono superstizioso, ed entrammo nella sala da pranzo ov'era radunato il resto della famiglia. *Saluti di qua, riverisco di là. È sempre stato bene? benissimo! e lei, e lui, e loro? Bene. — Io ho avuto un raffreddore; io ho buscato le febbri, etc. etc.* V'immaginerete che durante questa introduzione necessarissima buttai diverse occhiate alla Signora Morosina, che tranquillamente seduta abbocconava un bel pezzo di manzo, con tutta la serenità della buona coscienza. O Morosina, era dunque proprio vero che m'amavi! poiché la mia presenza ti sviluppò l'appetito in maniera, che nell'ora e mezza ch'io ti sedetti vicino non cessasti mai un attimo dal dimenare le mascelle! — E poi non era forse l'amore inaffiato da qualche sorso di vino che ti coloriva le guancie? Questa scoperta mi gettò un zolfanello nel cuore, e se non era il Signor Filostrato che affogasse l'incendio con un diluvio spaventoso di ciaccheRe, la mina sarebbe scoppiata. Dopo pranzo Anonimo era scomparso, l'Ottavia si era eclissata, la Signora Mamma, il Signor Papà, i cari fratellini eran iti a elaborare la digestione all'aperto. Restammo in camera io e la Morosina. O adorabile modestia! — non appena ella si vide sola con me abbrancò un bel pezzo di formaggio, ed un tozzo di pane che restava sulla tavola, e se la diede a gambe lasciando me soletto a meditare l'immensità dell'amor suo.

Indi a poco raggiunsi la comitiva nel giardino. Ebbe gran ragione quel sapiente che disse non esser necessario ad aver buona fama in società, che un austero silenzio ed un abito nero.

La Morosina aprì due sole volte la bocca per dire un sì, ed un no. O come mi sembrò adorabile quell'economia di parole! perché ella non voleva abbagliarci col suo spirito, perché insomma l'interna soddisfazione d'esser amata le toglieva fino la voce! — E poi qual persona di buon senso può dir tre parole senza soffocare, dopo un pasto alquanto esuberante? — I medici in tale stato consigliano la profonda quiete, e la Morosina si dimostrò un'assai buona infermiera di se stessa. Sull'imbrunire rinnovammo i soliti complimenti — e si partì pieni di buone speranze. Anonimo era trionfante — ed il povero cavallo se ne accorgeva all'attività della sua frusta.

— Ecco fatto il becco all'oca, egli disse — Che la Morosina ti ami è chiaro, e lampante!

— Sì! come la luce del sole!

— Dunque animo! vedrai che in meno di due mesi tu sei immerso in un mare di gioje!

— Tutto sta che non vi sia il naufragio!

— Oh questo poi no! — Devi far prima i patti colla Morosina, e farti assicurare la integrità personale, e la perfetta condizione di tutte le tue proprietà fisiche, e morali.

Dopo un sì sensato ragionamento arrivammo a casa, e tutto finì, in dodici ore di sonno. Così finiscono per solito indistintamente le mie afflizioni, e i miei piaceri, e tutta la lode ne è dovuta al mio buon temperamento.

La mattina a colazione si discusse un progetto di riprendere gli studi. Si trattava di sbrigar in un mese quello per cui si avrebbe dovuto sudare un anno intero. Il progetto fu accettato all'unanimità, e stendemmo istanze, e sopra istanze a tutte le loro Eccellenze del mondo per ottenere la grazia desiderata; e mentre nel cervello delle prefate loro Eccellenze si elaborava la Risposta (operazione assai difficile e di lunga durata), noi trottammo verso l'insigne paese di R... in cerca d'un Professore, e il Professore lo trovammo bello, e fatto in un buon Ingegnere di quelle parti, il quale amava la scienza, e il vino, e i buoni pasticci, e gli allegri compari com'eravamo noi. Trovammo nella sua piccola scuola dei nostri vecchi amici di cui voglio farvi fare la conoscenza. L'allegro Matusalem, che diceva tutte le donne esser baldracche — l'impassibile Ettorino, che vogava come un gondoliere, ed asseriva esser fondatissima la proposizione un po' ardita del primo (notate ch'ei faceva all'amore colla caffettiera), il piccolo Zorz tanto amante dei *feuilletons* e delle appendici, ch'egli s'avea trovato un'innamorata con una discreta appendice dietro la schiena — il dottorale Meno-male che cantava benissimo da Ebreo; e finalmente l'innamoratissimo Baritola che amava la sua Corinna, al pari, e forse più d'un bicchiere di vino. Aggiungete a tutti questi il ferocissimo Anonimo col suo culto idolatrico pel sesso più debole, e il qui presente Signor Incognito colle sue dubbiezze in capo, e colle sue bazzecole in bocca, e se non avrete gli elementi per formar un'Accademia di Stoici, e di Peripatetici, ne avrete certo per unire una società di buontemponi.

Immaginatevi Matusalem che azzardò la sua eresia contro la razza femminile. Vedrete Ettorino ad accennare di sì, pensando alla sua Rosina; ed ecco Anonimo che va sulle furie al sentire una tal bestemmia, ed ecco Zorz che vuol eccettuare la sua gobbetta, ed ecco Baritola che domanda grazia per le vecchie e per la sua Corinna ed eccomi io che m'affatico nel metterli d'accordo con un mezzo termine; ed ecco finalmente Meno-male che per suggellare la concordia canta superbamente la canzoncina del Gnor Rabbin, e l'esimio Professor che rinfresca le teste un po' esilarate dalle discussioni, e dà frequenti libazioni con un quesito di Meccanica, e una proposizione di Filosofia.

La conversazione allora s'ingolfa nelle astruse, e dubbie verità della Metafisica. Sopraggiunge l'oste il Signor Cartesio che è partigiano delle idee innate, e dei conti grossi — entra l'avvocato Zuccamarina che sostiene Cartesio, e cita l'autorità di Iafet, figlio di Noè che lasciò un'opera di cento volumi in proposito. Noi sosteniamo che le idee non sono innate, anzi che spuntano come i funghi. Il Professore tace, e sorride perché ha vuotato il decimo bicchiere, e non ci vede più chiaro.

Arriva il Signor Bellegarde col suo pipino di gesso; egli porta la discussione sulla bontà relativa delle varie minestre. L'uno sostiene il riso, l'altro le tagliatelle, un terzo i maccheroni. I partiti si dividono — prima se ne contavano due, ora ogni persona ha il suo, e fa guerra a tutti gli altri. Tutti però si accordano nel affermare che fa un caldo insopportabile, e che bisogna spalancar le finestre. Ma il caldo non è nella camera, sibbene negli stomachi, e nei cervelli. Dalle minestre si passa a ragionare del perché il *meno* per *meno* debba far *più*. Uno lo prova chiaramente, perché meno moltiplicato per meno è più di meno scritto una volta sola; il professore afferma che deve essere così, poiché sta scritto sul Gorini. Ma noi non cediamo all'autorità del Gorini; per convincerne abbisogna che Zuccamarina citi l'autorità di Adamo, il quale moltiplicato per Eva, fece nascere Abele, Caino, Set, e finalmente tutto il genere umano dei nostri giorni il quale rappresenta certamente un più in confronto a quei due poveri minchioni dei nostri progenitori. Finalmente i ragionamenti si confondono — si rinnovella il miracolo della torre di Babele, — uno propone di andar a spasso, e per far più presto di saltar giù dalle finestre. Si accetta la prima parte della mozione, ma si crede opportuno di scendere per le scale.

Si passeggia lungamente sull'Argine — il fresco della sera rende le teste al loro stato normale, — e la compagnia si discioglie. Uno va a far l'amore; un altro a bere un caffè; chi va pei suoi affari; chi pei suoi piaceri, e chi finalmente pensa bene di non far niente.

Io mi trovava quasi sempre nella ultima categoria, e solo faceva eccezione per qualche partita di bigliardo.

Vi piacque la prima scena dei nostri studi? Ora sappiate che una tal scena si rinnovellava due, o tre volte la settimana; e che i giorni d'intermezzo erano sempre dedicati alle visite simpatiche delle nostre belle. Diffatti non passavano tre, o quattro giorni senza che io, ed Anonimo andassimo alla campagna delle Signore, a passarvi un pajo d'orette. Una sera fra le altre nel ritornare a casa ci sorprese un temporalone, e benché fossimo quasi alla metà della via, pure pensammo bene di ricoverarci sotto il tetto delle nostre innamorate, e vi arrivammo che il temporale era bello, e cessato, in un costume così umido e sconcio che si sospettò da alcuni, che ci fossimo cacciati a bella posta in un fosso per destare maggior compassione. Io protesto che ciò non è assolutamente vero.

Contemplando la Morosina, ammirando il suo bel visino e la sua poca loquacità, ridendo cogli amici, e pascendoci a buon mercato di tutte le scienze di questo mondo, si arrivò al cuor dell'inverno. Le Signore parlarono di ritornare alla città, ed il Signor Filostrato che odiava la campagna come la morte, le impaccò in un birroccione che le strascinò sane e salve fra le patrie mura. Fu nostro divertimento in quel giorno di correre come due *Laquès* davanti al loro ronzino; per cui posso dire che anche le gambe hanno avuto parte dell'amor mio, e ne hanno provato il peso. Così fossero state soltanto le gambe!...

Benché le Signore fossero alla città, pure io faceva spesse visite alla campagna d'Anonimo; egli più spesso ancora ne faceva a me; e in conseguenza alle adorabilissime, e amantissime fanciulle. Poiché è vano il dire che io pure aveva trasportato in città il mio domicilio.

Ma nella casa di Anonimo non era egli solo l'innamorato, vi era il Signor Grisostomo, il quale prescindendo dalla sua debolezza universale per le femmine, amava la Signora Melliflua figlia primogenita d'un bravo agricoltore di quei dintorni. E noi ci divertivamo spesso a motteggiarlo, ed egli si divertiva nel girar intorno alla Melliflua come una vespa intorno al miele. E la Signora non diceva niente, e sperava nel futuro. Quello si poteva dire un amor pacifico! — vedremo poi com'egli andò a terminare, e conoscerete, che gli amori pacifici non sono i peggiori degli altri, né i più ridicoli, come sono rappresentati nelle farse.

XIII

Peripezie invernali

È una gran cosa la società: — essa contrasta all'ozio la paternità di tutti i vizi! — Dico la società, intendendo di quelle unioni che si formano per conversare, per ridere, per ballare — di quelle unioni in cui le donne si lasciano conquistare da chi ha il solino più alla moda, e la barba meglio appuntata. Le nostre Signore non frequentavano il mondo, per cui eravamo noi i soli che andassimo a tener loro compagnia. La Signora Ottavia rideva per mostrar meglio i denti, la Signora Egiva rideva anch'essa perché vedeva ridere, e la Morosina mi guardava di sottecchi fra uno sbadiglio, ed un punto dato ad una calza; una delle più belle nostre occupazioni era quella di smoccolare i lumi, in cui tutti gareggiavano di abilità — perché si sa bene il proverbio: Chi spegne è innamorato! Ed una svista, una scappatella della mano, valeva una dichiarazione estrinsecamente, ed intrinsecamente un'orrenda puzza di smoccolatura per tutta la stanza. Io, ed Anonimo come si vede facevamo la parte degli stupidi, non perché lo fossimo (Dio ce ne guardi!) ma perché le conversazioni sono specialmente caratterizzate dal vario spirito delle Signore, e alle volte quattro frasi di un bel bocchino fanno diventar sapiente uno scimunito, mentre molte altre volte un monte di chiacchere donnesche, un profluvio di sorrisi senza sale istupidiscono un povero galantuomo che in altro luogo sarebbe pur qualche cosa. Ma la mia immaginazione che allora galoppava sempre, come un cavallo da posta ad una discesa, mi faceva passar sopra a questo inconveniente, ed io non ci pensava più che tanto.

A distrarci venia di sovente il Dottor Torotola che io non conosceva, e che ebbi campo di conoscere per lungo, e per largo in appresso. Una sera fra le altre capitò anche Messer Gionata Beccafichi e trovandosi in casa anche il Signor Filostrato si formò una compagnia delle più strane.

Si parlava di politica.

Io diceva: la nostra patria è una donna ammalata che ha la tegna in testa, l'artritide, e il sangue bleu al braccio destro, che è monca del sinistro, e che ha finalmente un canchero nel ventre, e una gotta dolorisissima ai piedi. Ma in un paese occidentale fu scoperto due anni fa un sugo onnipotente che può guarirla da tutti i suoi malanni. L'applicazione del rimedio è cominciata dall'interno. Non si conosce ancora all'epidermide il vantaggio — ma finita la cura le sue membra ch'erano fracide, e discordi una dall'altra, si rianimeranno, e formeranno un corpo solo pieno d'avvenire, e di forza.

Il Dottor Torototela si mise l'occhialino, e accennò di sì, spiegando il suo fazzoletto bianco — e la Morosina mi domandò di che Signora aveva parlato, e se il rimedio accennato non fosse per avventura, lo Sciroppo Pagliano.

Il Signor Filostrato parlò molto in proposito, ed il Signor Beccafichi conchiuse che se la China si decidesse a mandar un esercito a conquistar l'Inghilterra — certo certissimo, gli Americani degli Stati Uniti verrebbero a colonizzare l'Italia.

— Chi può prevedere, aggiunse egli, gli avvenimenti che si potranno succedere in due, o tre anni! Io credo che siamo vicini ad una seconda trasmigrazione dei popoli! Si dice che i socialisti di Francia vogliono noleggiare una barca per trasportarsi in California, e stabilirvi una Repubblica, per poi venire a conquistare l'Europa da qui a due tre mesi! —

Le ragazze facevano degli occhioni da spiritare; io, Anonimo, e Torototela che aveva del buon senso ridevamo di soppiatto — e il Signor Filostrato incalzava il ragionamento frammischiandovi i Tartari, i Mongoli, i Piemontesi, il Monte Bianco, e l'Imalaja. Io credo che se in cielo ci occorressero progetti per dare una nuova costituzione al mondo, Domeneddio non avrebbe a far nulla di meglio che mandare il fuoco di Elia per prender Mastro Gionata e il Signor Filostrato, e portarseli con lui consiglieri intimi del Paradiso.

Immaginatevi come si rideva di gusto, quando levata la seduta si usciva dalla porta, e si camminava verso il Caffè? Per solito giuocavamo una partita di bigliardo, ed al giuoco si frammischiavano mille misteriose allusioni all'accaduto della sera. Non appena però suonavano le undici, Anonimo gettava la stecca e correva all'impazzata fuor dalla sala, e ne aveva ben d'onde; perché era quella l'ora che segnava tra lui, e l'Ottavia un appuntamento ad una finestra del pianterreno. Una sera mi venne la voglia di seguitarlo da lungi per osservare cosa facevano in quel celeste appuntamento — e da quello che vidi, conchiusi che fu una provvida idea quella delle inferriate non solamente per salvarsi dai ladri, ma anche per difendere le donzelle da certi slanci d'amore dei giovinotti. Il povero Anonimo era tanto stretto contro quella indiscretissima grata, che perdeva il zigaro, il cappello, e qualche volta persino la testa.

Qualche rara volta capitavano dal Signor Filostrato alcune amiche delle Signore che erano curiosissime dei fatti degli altri, e che raccontavano i loro amori anche a chi non li voleva sapere. Allora il Dottor Torototella per non essere indietro di esse, ci spifferava un volume delle sue avventure. Raccontava colle date, colle circostanze più minute, fatti d'armi in cui non era mai stato, descriveva città di cui sapeva a stento il nome, e qualche volta in una medesima sera asseriva di aver assistito a due avvenimenti ch'erano successi contemporaneamente a mille miglia di distanza. Ma cosa volete? — La forza del discorso lo trasportava, e non era sua colpa se spacciava per suo un miracolo di S. Antonio.

Intanto il Carnevale si avvicinava alla metà — ed il Maestro di Musica di Madamigella Ottavia dava delle fioritissime Accademie istrumentali, e vocali ad ogni Mercoledì. Le Signore furono invitate ad intervenirvi, e noi brigammo tanto fino che vi fummo invitati noi pure.

Nella prima sera del divertimento, la Signora Ottavia suonò con tutta la freddezza immaginabile un bel fascio di variazioni. Poi si alzò sorridendo dal piano-forte, e i colti spettatori fecero il loro dovere, cioè picchiarono le mani. La seconda sera la sala era più affollata — le Signore più numerose — i giovanotti più brillanti, il movimento più confuso, e perciò cosa malagevole assai l'occhieggiare le rispettive amanti. Esse si indenizzavano occhieggiando gli altri giovinotti, che le attorniarono, e noi non facemmo altro che morderci le labbra dalla stizza.

Ma il povero Anonimo non si contentò di questo. Era principalmente all'Ottavia, come ad una Filarmonica, che si dirigevano i complimenti della gente, e vedendola civettare, certo innocentemente, con questo, e con quello, ei si sentiva rodere il cuore da un certo verme che si chiamava: Gelosia. Le scrisse in proposito: rimproverandola di mostrar troppa indifferenza a lui, e troppa premura e riguardo degli altri. Ella gli rispose assai sensatamente — *La più bella dote dell'amore esser il mistero*, non doversi quel santo sentimento prostituire agli sguardi dei profani — esser questa la causa della sua ostentata freddezza — quanto alle premure ch'ella mostrava e fingeva per gli altri, mostrarle, e fingerle essa a bella posta per meglio nascondere il suo secreto.

Ma alla terza sera Anonimo si avvide che l'Avvocato Girandola favellava all'Ottavia con molta famigliarità, — egli osservò ch'essa fingeva un po' troppo di premura per lui; e quando seppe che il Signor Avvocato era appunto in cerca d'una moglie, perdette ogni pazienza, e decise di strangolarlo, persuaso con ciò di riconquistare l'amore perduto della fanciulla. Dopo una tal decisione lo assalirono le convulsioni, e fu d'uopo metterlo in letto, ove dormì saporitamente. Egli mi disse che non sarebbe più ito in casa dell'Ottavia, se essa non gli dichiarava le cagioni della sua condotta, e mi persuase a cogliere quell'occasione per iscrivere la prima lettera alla Morosina e rendergli così quell'uffizio di mediatore, che tanto bene ei m'aveva prestato durante la mia assenza.

Diffatti vergai una singolarissima lettera di dichiarazione amorosa, perdendo quattro facciate a descrivere lo stato d'Anonimo, e due linee a descrivere il mio. Narrava le gelosie d'Anonimo, come fosse mancato poco perch'egli prendesse pel collo il Girandola, e l'avesse fatto girare al pari d'una fionda; narrava i suoi spasimi; come aveva farneticato tutta notte, come allo svegliarsi avesse la spuma alla bocca, come insomma l'amor suo, e la deplorabile sua condizione fisica, e morale richiedessero compassione. Finii col dichiarare il mio Amore per la Signora Morosina, dicendo, che queste parole erano tanto sublimi per me che non credea bisognevole aggiungervene delle altre.

Armato del mio dispaccio, scrissi una lettera consolante ad Anonimo, dicendogli di venire il Giovedì venturo alla Città per godere dell'esito favorevole della mia spedizione.

Egli venne diffatti, e stette aspettandomi a casa, mentre io m'incamminava verso la sala dell'Accademia. Vi trovai le Signore allegrissime, corteggiate dal bel mondo, e dall'Avvocatino in particolare. Tentennai la testa; e mentre si apriva il pianoforte un messo rispettabile della Venerabile, e Potentissima Pulizia intimò alla bella comitiva di sciogliersi, ed al Signor Maestro di seguirlo colle buone, assicurandolo che non sarebbe andato in galera, ma soltanto in una casa-matta, per aver contravvenuto alla legge stataria eccezionale che proibisce gli assembramenti.

La comitiva silenziosa sdrucciolò dalle scale, ed io ebbi cura di non allontanarmi dalle Signore di troppo. Le raggiunsi in sulla via col mio piego stretto in una mano; ma per disgrazia l'Ottavia, e l'Egiva eran davanti a braccietto; e dietro veniva la Morosina che s'appoggiava al braccio paterno. Mi misi di fianco a quest'ultima, e piano piano le presi il braccio dalla mia parte. L'Ottavia propose di fare una passeggiata, e a mio grande piacere il Papà rispose di sì. Allora cominciai a sporgere la mia lettera verso la mano della mia Dama servita, ma ella aveva il guanto, e non s'accorgeva della mia manovra. La spinsi un po' di più, ed ella mi squadrò in faccia come per domandarmi cosa voleva. Mi indispettii alquanto, e seguii queto queto il cammino. Finalmente ricominciai a muovere quel mio povero piego; ma quel pugno benedetto della Morosina non voleva aprirsi a riceverlo. Io credetti che la fosse eccessiva riservatezza, e le premei un po' il braccio come per rimproverarla; ella si trovò offesa forse di questo rimprovero mimico, perché abbandonò il mio braccio, e finse di piegare il fazzoletto bianco. Io mi trovai offeso del suo modo alquanto villano di procedere, e la lasciai alla porta di casa con una secca... felice notte!

Ma camminando verso la mia cameretta mi saltò in mente che finalmente non era creanza fare una prima dichiarazione a molti - una dichiarazione palpabile - che la modestia della Morosina erasi adombrata - che questa era una virtù di cui io le doveva sapere buon grado - e che doveva sperare una corrispondenza spirituale, e celeste da una vergine che tanto delicatamente sfuggiva a tutto ciò che vi ha di materiale, e terreno.

Arrivai d'Anonimo con questa convinzione, ornai fissa in testa, - e gli dissi - che la Morosina certamente mi voleva un bene sviscerato — ma ch'ella aveva ricusato la mia lettera per un delicatissimo senso di dignità, che insegna di resistere ai primi assalti anche quando si ha l'intenzione di cedere.

Ah non avessi mai detto codeste cose! Anonimo gridò che sapeva ben egli perché si rifiutava la mia lettera! Che l'Ottavia si era immaginata che egli le potesse scrivere per mezzo mio, e che aveva prevenuto la Morosina di rifiutare ogni lettera ch'io tentassi di porgerle. Dopo aver detto questo cadde in nuove convulsioni (da amante s'intende) - e disse molto male dell'Ottavia, e molto bene di sé, e giurò che non l'avrebbe più guardata in viso - e finalmente si decise a bere un brodo, ed andare a letto, ove come l'altra volta una tiepida traspirazione lo fece passare nel mondo dei sogni.

Alla mattina levossi dal letto alquanto più calmo, mi raccomandò di fare spesse visite alle Signore, di osservarle attentamente, e partì per la campagna.

Io seguii le sue raccomandazioni. La prima sera non trovai nulla di nuovo nella bella infedele, e nelle sue sorelle. La seconda la trovai alquanto malinconica, e alla terza la Signora Mamma facendo cadere il discorso sul Signor Girandola, mi contò che quell'Avvocato era in traccia d'una moglie, ma più specialmente di dote: venendovi con ciò a dire, che le sue figliole per la pochezza delle loro sostanze non correvano pericolo da cadere nella scelta. Scrissi questo ad Anonimo; e la mia lettera gli fu foriera d'una completa consolazione, ch'ei ricevette da una lettera umilissima della Signora Ottavia recapitatagli per mezzo del Signor Gionata Beccafichi.

XIV

Osservazione

Trovereste voi molto maligna la versione che fecero alcuni mormoratori di questo incidente? Si disse che la Signora Ottavia era stata solletticata dalla volontà di maritarsi presto, e che si era attaccata al Signor Girandola come uomo acconcio a soddisfare a tal suo desiderio - che il Signor Girandola l'aveva lusingata credendola ragazza doviziosa - e che poi avendo egli saputo il vero stato delle cose, le aveva significato che una circostanza impreveduta l'obbligava a restar celibe ancora vent'anni, e che dopo quel tempo la Signora Ottavia avrebbe potuto disporre della sua mano. La Signora Ottavia non era tanto paziente, e credette bene di aggiustarsi ancora con Anonimo che le offriva dati più soddisfacenti. Io narro quello che dicevano i malevoli; se voi siete un malevole, ditelo voi pure, che andrete a rischio di dire una verità.

XV

Le prime lettere

Cessando il trattenimento delle Accademie cessarono pure le gelosie. Venne poi la Quaresima, ed entrammo nel mese di Aprile in cui fanno all'amore anche i gatti, senza ch'io rinnovassi nessun assalto contro la Signora Morosina. Ma pur conveniva appigliarsi ad un partito a meno che non avessi pensato di addossarmi il grazioso appellativo di sciocco. Perché cosa si dovrebbe supporre di uno che seguita a scherzare e a far moine, mentre sol ch'egli voglia può tentare un colpo decisivo, e salire addirittura la breccia! Io son condannato a subir sempre la mala influenza del mio amor proprio, e a far propendere sempre la bilancia della giustizia dal lato dei suoi consigli.

Dovendo io assentarmi qualche tempo, pensai che sarebbe bella cosa l'affidare ad Anonimo l'incarico, di far avere alla Morosina un piego esplicatorio. Mi serrai nella mia camera — accesi il fuoco, e lo zigaro, e stesi una lettera infinita, che principiava colla compassionevole esclamazione — Signora Morosina! e finiva coll'affettuosissima firma - il tuo Incognito! - La lettera segna tutte le invisibili gradazioni dal tuono di cerimonia al tuono di confidenza. Principiava ricordandole ch'ella aveva respinto il mio primo foglio. Sia pure innocentemente - io diceva - ma pur fu respinto! — Aggiungeva qualche altro rimprovero! — L'ardore della passione era concepito con quei termini che mi furon dettati da una immaginazione di fuoco! Tutti i pensieri che da un anno e qualche mese gorgogliavano nel mio cervello, si espressero sulla carta come per incanto! L'espressioni erano piene di quel sentimento ideale, e celeste di adorazione, che io prodigalizzava da tanto tempo alla Morosina della mia fantasia. Non mi era saltato mai in testa di calcolare se la Signorina delle Accademie, dal sorriso che non diceva niente, dal silenzio perpetuo fosse un'identica persona colla Silfide piena di vita, e di poesia che beava i miei sogni! Felice me, se avessi calcolato questo in allora; e non avessi aspettato a farlo sei mesi dopo! Mi sarei risparmiato una mezza annata piena di nullità, e di frivolezze. Mi sarei risparmiato l'imbarazzo in cui mi trovai, quando conobbi che le risultanze del calcolo mi mostravano una tremenda differenza fra le due Morosine! Mi sarei risparmiato finalmente la taccia di sleale, e d'impostore che mi addossò la Morosina con tutta la generosità d'ingiurie, che sogliono avere le fanciulle, quando uno sposatore sfugge loro di mano.

Imparate, amici miei (perdonate se metto la Morale prima di finire la favola) imparate, quando avete un'amante, a segregarla con tre muraglie ben grosse dalla vostra immaginazione; e a pesarla macchinalmente con quella bilancia verace, e sincera, che ha nome Ragione! Imparatelo a mie spese, perché, come vi dissi, io lasciai lavorare a tutt'agio la fantasia, e posso chiamarmi fortunato, se da una tattica tanto infantile non mi successe qualche cosa di peggio!

Tornando dunque alla mia lettera, vi dirò, ch'essa era un'epopea dello stato del mio cervello, ma che il mio cuore vi aveva versato ben poche delle sue ispirazioni — e che suggellatala diligentemente, la mandai ad Anonimo, significandogli l'uso ch'ei doveva farne.

Egli interpretò a meraviglia le mie intenzioni — la passò alla Signora Ottavia — questa alla Morosina, e la Morosina la lesse, e l'unica cosa (credo) ch'ella capì distintamente, fu ch'io desiderava una risposta.

Chiamò a consulta la sue sorelle, e come si usa nelle Camere dei deputati — ognuna dettò un periodo, e ne uscì una letterina così sublime che io voglio farvela gustare per intero una pagina avanti.

In questo frattempo io era ritornato da Anonimo, tutto desioso di ricevere da lui la conferma della mia felicità... relativa. Vi giunsi — e lessi la mia fortuna negli occhi gongolanti dell'amico... Egli mi sporse un involto grossissimo con sopra il mio indirizzo, e porgendolo, rideva di tutto cuore. Io ne infransi il suggello. Cos'era mai? ma la mia curiosità fu delusa, perché rinvenni sotto la prima una seconda coperta, e per mia sventura sotto la seconda, se ne celava una terza, sotto questa una quarta. Cominciai a dubitare di quello che gli era davvero. Ruppi all'impazzata altri venti, e trenta involti, e finalmente trovai un microscopico biglietto con sopra la scritta: Per Incognito. Ristetti con quella cartolina in mano. Mi pareva di leggere attraverso a quella carta azzurognola delle frasi di fuoco, dei concetti di Paradiso! Mi pareva d'intravvedere quelle parole degli Angeli, che S. Paolo non poteva spiegare agli umani! — Il mio cuore palpitava violentemente, — la mano tremava, l'occhio incerto, e vacillante errava sulla carta senza scopo, e senza vita! Alfine macchinalmente ruppi il sigillo; v'erano cinque linee di carattere minutissimo. — Oh, io pensava fra me stesso, potenza soprannaturale dell'amore che scrisse mille sentimenti d'estasi e d'ebbrezza in venti, o trenta geroglifici gettati sulla carta!

Potei rilevare finalmente i concetti.

Non posso dissimulare, scriveva la Morosina, ed io mi doveva interrogare, il vero amore può egli dissimulare? — *Bisogna che confessi quello che voleva tener celato per sempre* — ed io doveva trovar questo membro della proposizione una viziosa ripetizione del primo, viziosissima poi per una sì corta lettera: *Io credeva di non avere che una gran simpatia per te, ma ben presto m'avvidi del mio errore, e conobbi che t'amava.* Oh che slancio di anima amante! doveva io osservare, il distinguere metafisicamente la gran simpatia dall'amore? e che gentilezza il dir tutto questo con quel tuono di amaro rincrescimento! — *Io t'amo.* — Replica del *conobbi che t'amava,* e *pretendeva di non fartelo mai sapere; quanto m'ingannava!* — Dupplica viziosa più d'un ritornello delle due prime righe del Biglietto. La sottoscrizione era espressa da una laconico — *La tua;* il quale forse era la cosa meno inescusabile di quel curiosissimo pasticcio di parole.

Ma tutte queste critiche sanguinose le faccio ora che il mal di capo è passato, ora che il nome di Morosina non ha su di me maggior influenza che quello di Veronica, e di Catterina! Allora benché restassi un po' mortificato, pur non vi feci gran caso, e coll'ajuto potente della facoltà inventiva, travidi da quegli insulsi periodi pensieri d'angelo. Giunsi fino a compatir la Morosina dicendo — Poveretta! la piena della commozione le ha vietato di scriver di più! — Giunsi fino a immaginarmi di veder i segni di tre lagrime su quel fogliettino; e dopo invece ho scoperto che le erano macchie di unto.

Riposi con tutta venerazione quel caro pegno d'amore nel mio portafoglio, ed *ipso facto* mi diedi a vergare una risposta tanto sterminata che non avrei finito più, se non mi fosse mancato sul più bello il lume.

In questa seconda lettera l'amore si pronunciava più etereo che nella prima — parlava di eternità, d'infinita perfezione, di estasi, di annientamento materiale, di esistenza incorporea, come si parlerebbe a colazione del burro più o meno fresco, e delle ova dure, o bollite. Discorreva di me, come si discorresse d'un Eterno Padre, o d'uno Spirito Santo, e non nominava la mia bella, senza mettere in coda un reggimento di attributi tutti colla terminazione la più superlativa possibile. Ora quante sostituzioni non farei io, non nella terminazione ma nell'essenza di quei superlativi? Quante belle antitesi ci sarebbero da fare paragonando le mie esclamazioni di allora con quelle che sfoggerei adesso che son tornato un pochetto in senno! La seconda lettera giunse nelle mani a cui era destinata, pel canale mediato d'Anonimo, e per l'immediato della Signora Ottavia.

La Morosina lo sfogliò avidamente — ma in quanto al leggerlo la fu tut'altra cosa, e non oserei assicurare ch'ella lo abbia scorso da capo a fondo. Credo ch'ella vi trovasse quel gusto che trova un bambolino nel compitare le terzine di Dante. O tesori dell'anima mia sprecati inutilmente nell'alimentare un fuoco, che abbisognava solamente di carne, e di sangue per restar vivo! O pure idealità della mia mente largheggiata verso un'anima senza slancio, che comprendeva le parole, e non rilevava il senso d'un periodo!

Per assicurarvi di tale sconsolante verità, mi basti il dire, che la Morosina non ha mai risposto in tono alle mie lettere — che se voleva che le mie inchieste non passassero inosservate, mi conveniva formularle in secchissima prosa, e spogliarle da qualunque colore metaforico! altrimenti ella non badava ai punti interrogativi delle mie lettere, più che non badasse al buon senso, nel rispondermi. Perocché l'ideale, la sentimental Morosina mi ha scritto delle cose che non hanno né capo, né coda: a legger le quali si potrebbe supporla una Morosina da bottega di mode. Ma ve lo dico per l'ultima volta, io non me ne addiedi allora, poiché supliva a quel che mancava, col furore del mio entusiasmo, e attribuiva alla soverchia commozione quello, che derivava da cervello leggiero e da leggierissima educazione.

Una volta le chiesi chiaro, e netto che ritratto ella s'era formato di me. La petizione era precisa come quella d'un Avvocato, e non c'era strada di eluderla, o almeno ella non seppe trovarla. Il suo imbarazzo era certo estremo — perché scommetto che ella rintracciò la vita di S. Francesco di Paola, e di S. Vincenzo Ferrerio, e affibbiò al povero Signor Incognito tutti gli elogi di cui il Martirologio è largo a quei due venerabili frati.

Quella volta non potei a meno di montar sulle furie — poiché non entrava nelle mie viste l'esser canonizzato prima che sepolto. Le mandai una specie di cartello di sfida tanto pungente ch'ella si credette in obbligo di riscrivermi una litania d'insolenze, che facevano pietà. Anche quella volta condonai quelle basse escandescenze al soverchio suo amore, che io mi figurava, e con quattro frasi inconcludenti l'ebbi bella, e pacificata.

Per conoscer meglio l'acume del suo intendimento immaginatevi che quando io cominciai a sospettare della coltura del suo spirito, e della sensibilità dell'anima sua non aveva più la penna pura, e santa di pria, e che qualche volta mi sfuggivano delle espressioni di voluttà tanto terrena che avrebber fatto arrossire una vedova di cinque mariti che fosse penetrata oltre l'orpello abbagliante del fraseggiare. Ma la povera Morosina non ravvisò in quel mio decadimento dalla primiera santità un sintomo di freddezza, anzi pare ch'ella vi trovasse un allettamento ineffabile, poiché se s'hanno fra le sue, lettere che abbiano un poco di succo, le sono quelle che seguirono a qualche mio foglio piuttosto materiale, e voluttuoso! Da ciò deducete la virginità de' suoi pensieri, che io avrei giurato esser casti come quelli di Dio! Più tardi m'accorsi di certi discorsi piacevoli che esse facevano in famiglia, e forse fu quella la causa che mi fece odiare un sentimento, che ritrovai privo d'un oggetto degno di lui!

Avesse ella almeno empiuto a larghe mani le sue parole di quelle voluttà inebbrianti che ci strascinano in un cielo di fuoco! avesse ella almeno respirate quelle fiamme d'amore che io bevea tanto cocenti, e beate dalle labbra della mia Fanny! — Ma no! — anima senza carattere, ella ondeggiava dall'amore di romanzo all'amore di *vaudeville*. Ella anelava nel fondo del cuore al secondo, ma voleva mostrarsi in iscena sotto la veste del primo! — Tartufo dell'amore ella nascondeva sotto le spoglie del vergine affetto quei codardi istinti, che il Tartufo di Moliere nascondeva sotto la tonaca del gesuita! — ed io mi lasciai minchionare da buonissimo diavolo, battezzando per amore celestiale, e divino, una voglia e un prurito irresistibile di marito!

Frattanto che le dita lavoravano nell'imbrattare i fogli di carta, anche le gambe si movevano di frequente per condurci alla casa del Signor Filostrato. Vi si trovavamo nella solita comitiva, più il

Reverendo, Don Bacia-culi rispettabile Sacerdote, custode integerimo della castità delle ragazze in istrada, ed amante appassionatissimo della contravvenzione al settimo comandamento in segreto.

Era uno di quelli che biasciano venti volte una sillaba prima di proferirla, e che calcolano il loro interesse prima di stabilire, se debbano contraddire, o assentire alla sentenza d'un terzo.

La Signora Mamma d'una austerità esemplare in fatto di morale (giusta le sue asserzioni), parlava spesso di matrimonio, e della necessità di coronare al più presto che fosse possibile gli amori con una buona inanellata, e del dovere che pesa sulla coscienza degli uomini di dichiarare alle donne le loro intenzioni, e della fragilità del sesso femminile... A quest'ultimo discorso le guancie delle tre innocentine s'impallidavano, e colorivano a vicenda! Si sentivano ben fragili le poverette, e sopratutto ben vogliose di provare col fatto la verità delle parole materne! — È tanto dolce cosa - riflettevano - il solo pensare a quell'affaraccio! Dio sa la cosa dolcissima che vorrà riescire il rappresentarvi una parte attiva! Negli occhi torbidi, ed inariditi della Morosina si leggevano come sullo stampato questi pensieri, ed io interpretava invece quei caratteri infallibili colla volgare versione d'una indisposizione tutto affatto fisica. Ora vi ricorderete di quella Istanza umiliata ai piedi delle loro Eccellenze di cui vi parlai in addietro? Ora circa a questi giorni mi capitò la risposta... *Che io potea quando voleva... rimettere il pensiero di far gli esami fino all'Agosto.* Siccome si parlava di un gigantesco volume di materie, così m'affrettai a trasferirmi presso il mio vecchio Professore Ingegnere a leggere il Programma delle Scienze, che entro quattro mesi dovevano essere alloggiate nelle celle cerebrali de' suoi valenti discepoli.

Anonimo non fu meco perché avea abbandonato l'idea di percorrere gli studi legali per abbracciar quella, di ajutar suo padre, nell'isbrigare gli affari di famiglia. Del resto vi erano i soliti amici ch'io ritrovai del loro umore, seduti all'aperto intorno ad una panca dell'Osteria, tutti occupati in profondissimi studii.

XVI

Altre lezioni di filosofia

Parlavano delle leggi delle scienze strettamente naturali, e per incidente del modo di determinarsi di esse leggi nei rapporti immediati fra i due sessi dei bimani.

Confesso che non trovai molta profondità nelle loro diverse opinioni su tal delicato argomento, ma vi notai invece un certo ironico scherzo che promoveva le più belle risate. E il Professore non cedeva agli scolari nel motteggiare come non cedeva a nessuno del paese nel vuotare bicchieri. Pranzammo insieme, e alla salsa dell'appetito, indispensabile ad ogni vero studente fu aggiunto il condimento della buona compagnia.

Quando ci portarono sul desco quattro ciliegie, ed un bottiglione di vino bianco, che rappresentavano alla nostra tavola il *desert*, Baritola prese tacitamente il suo cappello e fece motto di avviarsi verso l'uscio. — Piano piano! gli gridavano le nostre bocche un po' avvinazzate (mentre egli si sentiva l'ala del vestito tirata da più mani, che non bastarono per istracciarlo) — Dove si va?

— Mi congratulo — egli rispose — che da oggi in poi abbiate intrapreso il mestiero onorevole di Commissarii di Pulizia!

— Non solamente! saltò a dire Matusalem; ma quello dei Birri, e dei Gendarmi!

— Niente di tutto questo; io soggiunsi, qui si tratta di sapere ove vai, perché se fosse un luogo di tentazione ti forniremmo di saggi consigli pel bene dell'anima tua!

— E dove lasci il corpo! — osservò freddamente Ettorino.

— Stando alle apparenze si dovrebbe ancora lasciarli alla Signora Corinna — perché giova credere pel buon costume ch'ella non siasi finora impossessata che dello Spirito.

— Dello Spirito; gridò Matusalem — Ma tu non sai che le donne son tutte sgualdrine!

— Sì certo — almeno quelle che tu conosci!

— Sì eh! domandate ad Ettorino, che ha per rivale tutto il sesso mascolino del circondario! e che la stesse lì!

— Zitto! interuppe il Professore — avanti tutto la logica! — se le donne sono sgualdrinelle, cosa saran gli uomini se non che o puttanieri, o figli di baldracche?

— E questo non è male — gridò Matusalem — una condizione generale non può menomare la fama dell'individuo.

— Dunque — riprese trionfante il Professore; se danno non proviene all'individuo da un vizio inerente a tutta l'umanità, ne deriverà, che benché le donne sieno in complesso non donne ma donnacce, pure singolarmente dovrà loro serbarsi rispetto, e stima.

— E poi questo - seguitò Zorz - si prova a meraviglia coi fatti. Come troverai tu ombra di peccato nella mia Carolina?

— Il suo peccato, mi dimandi? rispose Matusalem che voleva cedere il campo da veterano. Il suo peccato lo trovo nella schiena.

Tutti risero di questa tirata, e Zorz insieme con noi.

— E cosa dirai della mia Corinna?

— Dirò che è una ragazza che non ama l'ozio, e vuole occuparsi anche quando tu sei lontano da Lei.

— E cosa dirai della mia Rosina?

— Dirò quello che ho detto: ch'ella ti ha costituito rivale di tutto il paese!

— Ciò prova i suoi meriti, non le sue debolezze!

— Ciò prova — tornò ad urlare Matusalem (infiorando il suo discorsetto di qualche mezza bestemmia) ch'ella sa contentar tutti. E sì, tu sai che vi sono molti che nutrono desideri piuttosto spinti!

— Credea di essere io uno di quelli — Sì! uno di quelli che desideravano molto! e uno dei molti che trovarono nella Signora Rosina una larga appagatrice.

— Sparlereste forse anche della mia Morosina?

— Ne sparlerei con tutto il piacere, se avessi l'onore di conoscerla, ma nella mia inscienza mi contenterò di dirti, ch'ella deve essere stata una gran furba, se ti ha cotto a questa maniera di Lei.

— Oppure ch'io sia stato un gran gonzo!

— Presso a poco; a te la scelta del dilemma.

Dopo questa cicalata uscimmo dalle stanze, e il Professore propose di accompagnare Baritola al paese della sua Corinna, ove avremmo veduto alcuni fenomeni fisici della macchina Pneumatica presso lo speziale.

Accettammo la proposta, e pieni di brio ci mettemmo in cammino. C'erano quattro, o cinque miglia, che ci parvero brevissime, poiché Baritola ci confidò, che anche il Professore aveva qualche tenera passione nel luogo per cui eravamo diretti.

Non ci volle altro — fu un continuo scherzare dalla una banda e dall'altra, e non mancò chi fece delle maligne allusioni alla macchina Pneumatica.

Le esperienze di fisica furono le prime nostre occupazioni appena arrivati; ma il destino scongiurato dal Baritola, e dal degno Ingegnere aveva spostate le pompe, per cui si convenne differire il trattenimento ad altra giornata.

I due innamorati colsero il momento di battersela, e lasciarono noi poveri minchioni sulla piazza, a misurare l'altezza del campanile. Matusalem maledì le donne, che ci avevano fatto fare una sì inutile passeggiata. Meno-male cantò con alquanta stizza la canzone del Gnor-Rabbin. Zorz giurò d'indenizzarsi nel ritorno con una visita alla sua innamorata, io, ed Ettorino avevamo calcolato intanto, che il campanile era alto né più né meno *cento venti piedi*, e che questa straordinaria longitudine era segno di buono augurio pei due nostri amici, che avevano le loro belle in quella borgata.

Nel ritorno si volle scendere il fiume in barchetta e bevendo, e cantando e remando arrivammo a casa colle teste calde, colla voce roca, e colla schiena sudata.

In quella stessa sera mi capitò una lettera della Morosina — in cui mi diceva pochissime cose, e alla quale io risposi coll'imbrattare d'inchiostro bleu quattro bei foglioni di carta. E parendomi cosa sciocca per un amante misterioso com'era io, confidare i miei arcani agli occhi freddissimi del distributor delle lettere, o alle mani villane d'un vetturale, significai ai miei compagni qualmente avessi intascato abbastanza di scienza, e come desiderassi di tornarmene alla città.

Tutti mi diedero il buon viaggio, mi raccomandarono di far loro un'altra visita prima degli esami, ed io mi avviai verso la campagna d'Anonimo.

Invece d'Anonimo trovai il tranquillissimo Signor Grisostomo il quale fumava un zigaro assicurando, che egli non trovava nulla di migliore del tabacco, se non forse la Signora Melliflua. Io gli dissi che ciò poteva essere, perché io stesso preferiva la vita angosciata di questo mondo alla beatitudine del Paradiso; ma che la proposizione non cessava perciò d'essere un'antilogia.

Pure di quando in quando Grisostomo si sgravava il petto da qualche sospiro degno di S. Girolamo — ed io dolcemente gli domandai la causa delle sue amarezze.

— Ah! mi rispose — maledetto a chi s'impaccia negli affari degli altri: ecco che uno stupido garzoncello, che non ha niente di particolare fuorché un collo da grua, ed un ciuffo da beccajo procura rubarmi il cuore che io mi aveva appropriato!

— Cos'è, cosa è! lo interuppi io. E venni a sapere come la Signora Melliflua (che probabilmente da vera filosofessa non faceva distinzione fra uomo, e uomo) guardasse con certa compiacenza non solamente il Signor Grisostomo, ma sibbene ancora un altro giovanotto che praticava sovente in sua casa, per la qual cosa il Signor Grisostomo non cessava dal maledire quel tal giovinotto, e Melliflua, e me, e voi, e tutto il resto del genere umano — Dio sa con qual ragione!

— Io poi chiesi qual diritto avesse egli sul cuore verginale della Signora Melliflua.

— Il diritto del primo occupante! ei rispose — ma per quante istanze io gli facessi di confessarmi le armi, con cui aveva attuato quella conquista, non fu possibile il ridurlo a tal confessione, e mi dovetti limitare a sapere: che la forza d'inerzia non consentendo una grande attività alla Melliflua essa aveva dato carta di procura alla sorella minore la quale discuteva con Grisostomo i di lei interessi.

Io augurai maggior tranquillità d'animo a colui che ne aveva anche troppa, e mi misi in viaggio per la città.

XVII

Osservazione

del Signor Stracotto

— Caro il mio chiaccherone! — e dalli, e dalli, voi siete sempre lì colle vostre storielle amorose! — Vorreste dirmi come sperate di guarirmi dalla mia infiammazione, cacciandomi sempre sotto il naso la felice spensieratezza, le contentezze diverse degli innamorati?

— Volentieri, mio Pregiatissimo Signor Stracotto. Se voi distingueste le varie specie d'innamorati, se voi sapeste che l'amore è un camaleonte, che varia in tutte le anime viventi, non tacciereste più il vostro medico d'inesperienza. Vengo a delucidare sommariamente le vostre idee in tal proposito.

Vi sono gli amanti che stanno sull'uscio — e vi sono gli amanti che stanno in casa. Ecco le due categorie — una divisione bel leggiera direte. No! ella è grave più che non sembra. Quando un amante del primo genere giunge ad entrare in casa, state pur certo che la passione è giunta all'ultimo parossismo, e che egli ha toccato il cielo col dito. È una regola generale. Ma la cosa procede diversamente negli amanti di secondo ordine. Costoro si dividono in due sezioni distintissime: i ciechi, ed i furbi — i primi sono quelli che amano l'innamorata; i secondi quelli che aman se stessi, e fanno gli spasimanti, per accarrezzare le propensioni, che gli porta verso le donne. Pei primi potete farvi garante, che la cosa andrà avanti uno e due anni, e che la faccenda non andrà fuori di regola. Circa i secondi, se vi sembra che il loro amore si raffreddi dopo due settimane, concepir potete una gran opinione della virtù, o della astutezza della loro corteggiata — se osservate invece che l'amor dopo le due settimane tocchi un *crescendo* e duri più d'un mese, cantate un epitalamio in onore dei matrimoni segreti; e se dopo due mesi l'amante si ritira, non esitate a chiamare quella ritirata un vero divorzio.

Già ne' miei amori, nell'amore di Anonimo, e de' miei amici ve ne sono di tutti i generi. Andremo avanti col racconto, e allora potrete concludere, quale sia il genere che offre più probabilità di vita felice.

E vedrete che il genere a cui voi avete applicato, a cui si è applicato Anonimo, a cui mi sono appassionatamente applicato anch'io nella mia passione per la Morosina, è il peggiore di tutti.

— Cosiché vorreste guarirmi a furia di ragionamenti!

— Sicuro! e a furia di mostrarvi in quante occasioni arrischierete di divenir ridicolo, come Anonimo se avesse accettato il consiglio dell'ira sua, ed avesse preso pel collo l'Avvocato Girandola.

Ma per carità tacete un momento, e lasciatemi continuare, se no perderò il filo, e chi sa quando potrei rintracciarlo.

XVIII

La campagna

Nulla di straordinario mi successe nel viaggio, a meno che non si voglia noverare nelle cose non ordinarie un bel tiro che mi giuocò il Commissario di Polizia delle Porte facendomi girare con un feroce guerriero al fianco da Caifas a Pilato per ottenere l'autorizzazione di dimorare in città. L'ottenni finalmente, e potei liberarmi della mia belligna compagnia per correr a godere di quella della mia Morosina. E se godere si chiama il conversare con un modello di plastica, io posso dire di aver goduto in quel giorno assai. L'unica cosa di qualche rilievo, che mi fu dato travedere tra le stucchevoli ciarle di cui si compose la conversazione, fu, che il Signor Filostrato volea trasportar la famiglia in campagna, e che la famiglia era dogliosa di questo suo divisamento; perché, dicevano, il Sole di Giugno scotta troppo, e non si potranno fare le belle passeggiate, senza di cui in campagna si sta come in sepoltura.

Io risposi che era vero — e il giorno dopo me ne uscii tutto allegro dalla città per fermarmi una quindicina di giorni in un fondo deserto, ove non si vedevano che buoi, e villani. Non trovai che il Sole di Giugno fosse un cattivo compagno a saperlo prendere pel suo verso — e le ore in cui egli cominciava ad esser prepotente le impiegava nello scrivere alla Morosina.

Vi parrà molto strano, ma pur la cosa è così. Prima che il mio affetto fosse corrisposto, era una mia continua occupazione il pensiero della Morosina — vi ho già detto che insensibilmente l'aveva anche foggiata a mio modo. Dopo che potei scriverle, tutte le mie fantastiche idee prendevano corpo sulla carta, e il mio pensiero si trovava libero dall'incubo amoroso, che dapprima pesava incessantemente sopra di lui.

Capisco ora che a poco a poco tutto il mio amore s'era convertito in un esercizio letterario, e si consolida questa mia opinione quando penso, che a quei tempi vedendo la Morosina non sentiva metà del piacere che provava dello scriverle, e che ora gettando sulla carta qualche mio capriccio sento dentro di me quel soddisfacimento dell'amor proprio, che allora mi teneva luogo di sentimento amoroso.

Immaginatevi se lordai carta in quel frattempo! ad ogni mia visita consegnava alla Morosina un fascio di lettere; a cui ella rispondeva sempre sentenziosamente con queste parole. — *Ho letto la tua lettera — Come era felice durante quella lettura*! — E sempre quella stupidissima chiusa!

Alla fine dei conti la volontà qualche volta furente del Signor Filostrato la vinse su quella del resto della famiglia, e la Signora Mamma e le Signorine dovettero accontentarsi di essere confinate in campagna. Anonimo era tutto contento di questo cambiamento, perché non avrebbe più avuto né Accademie, né inferriate che funestassero i suoi piaceri. Nella vastità dei campi è maggiore la libertà. Il Signor Filostrato ignorava completamente i nostri interessi, e la Signora Mamma fingeva d'ignorarlo pel bene delle figliuole, che ella riputava abilissime pescatrici di mariti.

In che inganno ella fosse caduta lo vedrete di qui a poco — senza contar il pericolo che c'era, che il pesce mangiasse l'esca senza restar appeso all'amo. Ma ella non contava questo pericolo, e si poteva fare qualche passeggiatina nel giardino, senza che gli occhi materni fossero là pronti a divorarci ad ogni atto un po' ardito. Il primo giorno che la famiglia si stabilì nella sua campestre residenza, fu a visitarla insieme con noi un Arciprete di quei dintorni, che predicava sempre contro l'ubbriachezza per distruggere la cattiva influenza del suo esempio. Egli tenne tanto a bada il caro Papà, che io, ed Anonimo potemmo metterci in disparte colle nostre fiamme rispettive, e starsene inosservati da tutti un'ora buona! — Immaginatevi come la impiegai? Nello analizzare lo spirito della Morosina; e se è vero che l'Analisi è uno scandaglio, è pur vero che il mio scandaglio in quel giorno toccò subito il fondo. La Morosina balzava da questo argomento a quello, e sapeva tanto bene infiorarli tutti con una buona dose di strafalcioni, ch'io m'avrei sganasciato dalle risa, se il rispetto non m'avesse trattenuto per la mia futura metà. Ma il rispetto non mi trattenne dal riderne quando fui solo, benché la coscienza mi rimproverasse di maculare con quelle risa le creazioni della mia fantasia.

Le corse dalla città ai fondi di Anonimo, e da questi al nostro Paradiso erano il nostro pane quotidiano, — e l'abitudine mi aveva reso tanto pertinace scrittore, ch'io non andava mai dal Signor Filostrato senza uno scartafaccio, od una poesia in saccoccia.

Qui l'ordine cronologico mi ordina di trasportarmi a R...e, ove circa quel tempo io fui per ricevervi l'ultima vernice delle scienze filosofiche. Ma lasciando da parte la parte scientifica, vi dirò che trovai ne' miei compagni delle buone novità. Matusalem, prima di tutto, si aveva trovato un'amante, ed era arrabbiatissimo, perché non aveva ancora potuto convincersi ch'ella fosse una baldracca. Ma il peggior boccone era pel povero Baritola! La sua Corinna era diventata di punto in bianco la Corinna di dodici altri, e per occuparsi di questi, ella non aspettava più una sua assenza, ma aveva la sfrontatezza di occuparsene sotto i suoi occhi. Egli s'era quasi impietrito dal dolore, e se non era un'altra bella Signorina che ridonasse a suoi muscoli la primitiva flessibilità, egli avrebbe fatto la fine della moglie di Lot.

Ettorino era rimasto vedovo sul più bello, perché la generosissima Rosina aveva cambiato paese, e il Professore aveva piantato la sua macchina Pneumatica, e aveva fatto acquisto di una servotta. Non vi era che Zorz, che seguitasse il suo trottino a fianco della sua irregolarissima amante — tanto è vero che le irregolarità, compresa quella delle schiene, e quella dei Passaporti, vagliono benissimo all'ordine morale delle azioni.

Quanto a Meno-male egli non cantava; «perché, diceva, fa troppo caldo, e non vorrei che mi prendessero per una Cicala».

In mezzo a tutti questi parapigli amorosi, si rideva come ai tempi andati, si scherzava, s'ingojavano pillole gigantesche di scienze, e si facevano esami.

E siccome dopo la fatica viene naturalmente il premio, io tornai da Anonimo ove ripresi la parte di secondo amoroso sostenendola per quindici giorni filati con un accanimento degno di miglior sorte.

XIX

I due viaggi

Così si giungeva al finir dell'estate — così io aveva campo di osservare minutamente la Morosina, e di spogliarla di tutte le celesti qualità di cui l'aveva adornata il capriccio della mia testa. Ma con tutto ciò io operava macchinalmente senza che ingerenza vi avesse la parte riflessiva, e siccome della mia condizione non mi trovava scontento così seguiva, e tirava innanzi senza abbadare alla metamorfosi che subivano i miei sentimenti. Il Dottor Torototela col suo occhialino, e col pizzo del fazzoletto pendente dalla tasca del petto, era spesso dalle Signorine con noi. Egli faceva il lezioso — parlava d'amore — sospirava amaramente, guardava la soffitta; e non si arrivava a comprendere qual conquista egli s'avvisasse di fare, perché non si sospettava nemmeno ch'egli agognasse al possedimento dell'anima tutta carne della Signora Egiva. Seppimo finalmente dal terzo, e dal quarto ch'egli si spacciava come il favorito della Morosina; e a furia d'indagare scoprimmo che egli le aveva dato una lettera, che fu accettata, ma non dissuggellata (così diceano le Signore). Non volendo decidere se le sue pretese sulla Signora fossero fondate, o no, mi limitai a chiedere uno scioglimento di quella faccenda, che metteva in soqquadro la mia dignità; e diffatti due giorni dopo la Morosina mi rispose che il gran Torototella era stato a casa loro, e che oramai *fra essa, e lui vi era un muro insormontabile*. Ma quel muro vi era sempre stato? — Ecco quello ch'io non sapeva; anzi mi rimase un dubbio che quel muro non potesse essere ancora costrutto. Ed io non era solo ad esser in lotta colla mia bella, perché anche Anonimo era infuriato contro la sua, giacché dopo ch'egli aveva intralasciato gli studi, la vedeva raffreddarsi ogni dì più. E sapendo egli qual preferenza desse l'Ottavia fra tutte le umane proprietà al Grado Accademico, temeva fondatamente, ch'ella lo abbandonasse per impalmare qualche avvocatuzzo, che avesse bisogno d'una Sirena, per attirar clientele al suo studio. Sul finir dell'Agosto mia Mamma mi volle seco per accompagnare in Collegio in una città non molto lontana una mia sorellina. Immaginatevi se la Morosina, sospirò per questa mia assenza! tanto più ch'ella aveva a cancellare le cattive impressioni destatemi dall'affaraccio del Signor Torototela! — Ella fece di tutto, e mi raccomandò sopratutto di scriverle ogni giorno, cosa che le mie scarse occupazioni mi consigliavano più che non m'impedissero di fare. Io lasciai Anonimo che crollava la testa, la Morosina che si stropicciava gli occhi per renderli rossi e l'Ottavia che si accomodava i capelli, e partii.

Partii questa volta senza lasciar il cuore in quei siti; e bisogna dire che il cuore sia d'un peso modicissimo, poiché non mi accorsi d'averlo meco, e credeva anzi che secondo il solito egli fosse restato ai piedi della Morosina.

Anonimo aveva promesso di tenermi ragguagliato giornalmente di ciò che succedeva. Passa un giorno, passan due, passan tre, passa una settimana, e sillaba non compare.

Io manteneva la mia promessa di scrivere tutti i dì — ma per non far troppo lavorare la Posta accumulava le lettere in un cassetto per ricapitarle al mio ritorno.

Finalmente capita un foglio d'Anonimo; il carattere era a mezza via, tra i scorbii inviolabili degli antiqui Fenicii, ed i geroglifici Egiziani — lo stile era soffuso di controsensi, e d'imprecazioni. Da ciò non si capiva altro, se non che Anonimo aveva una specie di rivoluzione nel cervelletto. Egli mi spediva una lettera della Morosina, in cui mi si palesava lo stato degli affari. L'Ottavia aveva dato un addio al suo spasimante, e non c'era verso di poterla ancora ridurre al soave giogo di Cupido. Ho capito! risposi io, tutto fu perch'ella vedeva allontanarsi la face d'Imene! A questo foglio il giorno dopo, ne tenne dietro un altro, in cui le idee si rischiaravano alcun poco, per far vedere più cruda la malattia dello scrivente.

Egli mi trascriveva il biglietto, con cui l'Ottavia dichiarava che la cifra dell'amor suo era ridotta a zero. Vi giuro ch'essa è un capolavoro di leggerezza, e di civetteria! Essa vantava la sua ingenuità nel confessare lo stato termometrico del suo cuore, ch'era all'infimo grado del gelo — vantava l'amor suo che era durato quattro anni sempre vergine e santo — rimproverava ad Anonimo la sua continua inquietudine, e dichiarava per altro ch'ella avrebbe avuto generosamente compassione di lui.

Indovinate fra le altre a che cosa ella ascrivere volle l'annientamento d'una immensa passione? — qui vi voglio. Cercate pure! ad onta dell'asserzione del Vangelo — non troverete un cavolo! — Ella ascriveva una sì grande catastrofe ad una occhiata che Anonimo diede alla rispettabile Cagna Bull dog Miss Baba, mentre udiva da lei sussurrarsi nell'orecchio le cose più tenere. O miss Baba pregiatissima, gran meriti che avete voi! Se la fosse vera, sarebbe roba da ammazzarvi sul fatto, per farvi imbalsamare ad perpetuam rei memoriam! Voi avreste smascherata la più ispiritata delle donne, voi avreste spogliata la Sirena dalle spoglie di rosa che la coprivano, voi avreste squagliata la nebbia che coll'incanto d'un prisma mutava in vanni d'amore, e in raggio di luce le ali di pipistrello, ed i corni del diavolo! Ecco il vero scheletro della Signora Ottavia.

— Venite, o buone femmine dai troni, e dai postriboli! venite o Taidi, o Lede o Messaline! venite o Teodore fabbricatrici di Papi, venite o Elisabette giustiziere dei vostri amanti; venite o buone femmine dalle osterie, e dai lupanari — e insuperbite — perché una donna che ostenta il suo vizio, e lo erige in virtù, è mille volte più detestabile di voi! — di voi trascinate nel vizio dalla affamata miseria, dalla compagnia dei malvagi, da una passione prepotente, e dall'arbitrio crudele della società!

Ma la Signorina Ottavia non ebbe ella una buona educazione? non ebbe gli esempi della sua Signora Madre che si offriva modestamente in modello di onestà e di morigeratezza?

Ella, ella sola ha voluto essere corrotta fin nel profondo delle viscere, e vi è arrivata coi soli suoi mezzi, coi soli vizii che si eran incarnati in lei, prima di mostrar le loro traccie sulla sua fronte!

Anonimo intanto si disperava com'era suo dovere, passeggiava su, e giù mandando al diavolo tutti quelli che incontrava, e scriveva lettere alla Morosina per avere una qualche consolazione. La Morosina rimetteva quest'incarico nelle mie mani, ed io lo rimetteva ancora nelle sue per la buonissima ragione che è assai dubbioso in filosofia, se si possa consolar un afflitto con quattro parole insulse incollate sulla carta, o se anzi questo non serva a farlo imbizzarire di più.

La Morosina si provò a consolarlo scrivendogli, che non sapea da che capo incominciare per farlo, ma non ci riescì bene. Io mi ci provai due giorni appresso col mostrargli come due, e due fan quattro, *l'inevitabilità della sua posizione*, e chiudendo la lettera coll'aforismo *che tutto è per lo meglio*.

Tuttavia ei rispose che la verità della mia prima proposizione provava, che tutto è per lo peggio — ed io pensai di lasciarlo nella sua opinione che era pure la mia. A consolarlo si mise all'opera anche suo padre, accertandolo che la fine di quell'amore gli faceva lo stesso effetto che l'eredità di un milione, ma Anonimo soggiunse che se così era di lui, era ben fortunato; ma che sopra se stesso sentiva esser la cosa assai differente.

Fino le villane dei dintorni che in altri tempi avevano un recipe infallibile più del Papa per farlo ridere, non riescivano per quanto facessero di bello, e di brutto, a commovergli neppur un tratto della fisonomia.

Il colto pubblico fu quello che ridonò ad Anonimo il suo buon umore! — Sì; il colto pubblico co' suoi ragionamenti che per solito si battezzano per ciacchere, colle sue verità che si chiamano mormorazioni!

Il povero disperato andava vagando per la campagna piangendo, e maledicendo la sua sorte, e facendo la rivista di tutti i fossi per veder pure di trovarne uno in cui abbastanza acqua fosse da potervisi annegare comodamente. E non ne aveva trovato ancora uno che facesse al suo caso, quando incontrò un campagnolo di quei siti suo antico amico, il quale gli sfoderò un bellissimo squarcio della cronaca del giorno. Il pover uomo non sapeva nulla dei legami che avevano unito Anonimo alla Signora Ottavia per cui saltò a dire con tutta la franchezza e buona fede immaginabile: — A proposito, sa ella Signor Anonimo cosa dica il mondo? E' dice che il dottor Torototella faccia affari colla Signora Ottavia.

— Cosa, Cosa! — gridò Anonimo, che era stato sempre distratto.

Il novellatore si consolò pensando che lo spirito, e gli epigrammi del suo discorso avevan finito finalmente collo svegliarlo dalla sua preoccupazione, e prese un'alta opinione della sua rettorica, e cominciò a sfoggiarla, e cominciò a incorniciarla con gesti tanto spiritati che avrebbero promosso ilarità fino nei sassi.

— Che non ne sa niente? un caso dei più stupendi! — S'immagini, che, come ella sa benissimo, sono tre le sorelle — ora le due prime avevano due amanti; i più tondi cervelli del circondario.

Anonimo ingojò un boccone — disse grazie, in cuor suo; e l'altro continuò:

— E la terza era *sede vacante*. Ora il Dottor Torototella vezzeggiava quest'ultima, amoreggiava la maggiore colle lettere, e coi fatti la mezzana, cioè la Signora Ottavia che a mio gusto è anche la più bellina.

— E dove facevano i loro affari questi due Signori? interrogò Anonimo.

— Dove? ella conosce le località. Di notte tempo il Dottor Torototella, senza l'occhialino perché non avrebbe servito a niente, gettava una scala attraverso la fossa dell'orto, e ci passava sopra a gran pericolo di schiacciarsi il capo — il che fra parentesi non sarebbe un gran male. Ciò che succedeva al di là della fossa, lo sanno solamente lui, la Signora Ottavia, e Domeneddio; ma il mondo che ragiona per induzione aggiunge, ch'essi lavorassero mille braccia di fusa torte pel povero amante della Signora Ottavia, che forse in quel momento si sognava dei suoi begli occhi.

— E ci crede lui a queste frottole?

— Se ci credo! ho prestato io la scala al Dottor Torototela, sperando di vederlo capovolto nell'acqua, ma per sfortuna la cosa andò a rovescio.

— Ma dunque non son bugie!

— Bugie? Le son verità di Vangelo, mio caro Signor Anonimo — e quel che è meglio si è, che già da un pezzo il Dottorino se l'intendeva colla Signora Ottavia, e di sottovento facevano i loro contrabbandi in barba al futuro sposo.

A queste parole il sangue salì al volto ad Anonimo, ma si sentì il cuore come per prodigio sgravato da un peso orribile.

Salutò amichevolmente il cortese cronachista, e si partì da lui dicendo amaramente in suo cuore: — Io non posso più amarla perché la disprezzo!

Ed era vero: il disprezzo, diminuì di molto la sua angoscia, e fu alla sua piaga un balsamo del cielo, che doveva in poco tempo cicatrizzarla.

In questo mezzo io tornava con mia Mamma dal nostro viaggetto. Avevamo consegnato alle Suore Reverende la buona bambina, e ci eravamo bastantemente divertiti.

Gli affari dell'amicizia sono sacrosanti; io credeva ancora di vedere Anonimo in convulsioni, e di dovergli porgere un brodo per ridurlo ad un discreto *statu quo*. M'incamminai verso la sua casa — entrai in cucina, e sentii la voce di Anonimo che cantava con tutta la soddisfazione: — *Oi lalela, — lalalelà!*

Immaginatevi se restai stupefatto. Mi toccai la testa per palpare se avessi mai per caso lasciato a casa le orecchie. Ma le aveva tuttora, e di buona misura.

Ma qual confusione nel mio povero cervello, quando vidi l'allegro cantatore farmisi incontro sorridente, e disinvolto, e congratularsi meco della bella tenuta de' miei stivali! Perché notate che pioveva a dirotto. Cosa fu dico di tutte le mie paure per gli effetti della sua disperazione, di tutti i decotti che lambiccava nella mente per rendere almeno curabile la sua malattia? — Il primo sentimento fu di lieta sorpresa, come di quando s'incontra al passeggio un amico che due dì prima si spacciava per morto. Il secondo fu di dispetto pel mio criterio che non aveva neppur ammesso nei casi possibili una guarigione tanto subitanea.

Ah! gli dissi finalmente. Bravo il mio Anonimo! tu sai uguagliarti all'altezza delle circostanze! e se mai dovessi scrivere in appresso un romanzetto de' tuoi amori, sarai un protagonista che mi farà onore!

— Sono contentissimo di ciò, ei mi rispose — e tanto più se potrò riparare colla mia presente imperturbabilità le mie soverchie debolezze passate.

Questo è quello che ti rende ancora più portentoso, e cento metamorfosi di Ovidio, benché non siano troppo ragionevoli son giocoletti comunissimi di natura in confronto di questa tua transustansazione. Peroché io credo che tu non sia l'Anonimo di quest'inverno, ma sì un individuo tutt'affatto diverso.

— No, caro mio! Son proprio lo stesso — ma tu che sai i proverbi — saprai che le circostanze fanno l'uomo. Ora esse quest'inverno mi han fatto una donnetta, ora mi han fatto un Eroe.

E qui mi narrò come le novellette del pubblico avessero buttato un po' d'acqua sull'incendio d'amore che cominciava a concentrarsi tutto nel suo cuore in maniera spaventosa; mi narrò che aveva scritto un bigliettino scherzevole, e sarcastico alla Signora Ottavia per persuaderla che non aveva alcun strettissimo bisogno della sua pietà. Mi narrò in ultimo sospirando, che tuttavia non potea chiamarsi totalmente felice, perché le pene del core gli si erano ribassate tutte sul basso ventre, producendovi acutissimi dolori.

— E perciò, egli aggiunse, mi vedi quei crocifissi tra una bottiglia di cassia, ed un bellicone di tamarindo.

Io lo assicurai, tastandogli il polso, che le erano doglie di parto, causate dall'ultimo rimasuglio della passione che riesce sempre assai malagevole l'evacuare, e me gli proposi all'uopo come mammana.

Egli sorrise, e fece una penosa contorsione, perché le budelle cominciarono un po' di baruffa. Non crediate però che la cosa fosse bella e finita. Non Signori!...

Anonimo sospirava ad ogni bicchiere di cassia che trangugiava, e giurava ancora che un bacio dell'Ottavia gli farebbe assai più bene che una botte di tamarindo. Il giorno dopo con armi, e bagagli — idest coll'ombrello, perché alla pioggia era succeduto un Sole da inferno, — e col volume delle mie lettere trottai a far visita alle Signore. Direi sfacciatamente una bugia, se asserissi di essermi divertito nella via come per lo addietro. Anonimo non era con me! — Il solidario de' miei amori aveva i dolori di pancia, e per quanto facesse, e dicesse la mia povera mente per distrarmi un pochetto, sentii non pertanto, che la compagnia dell'amico non era delle ultime droghe dell'amor mio.

Di fatti trovai quel giorno pochissimo sale nella contemplazione della Morosina, e per la prima volta m'accorsi che la pupilla del suo occhio diritto era un po' fuori delle regole del bello assoluto. Oh se aveste veduto in quel giorno la Signora Ottavia! Certo voi, amici, che non siete tolleranti come me vi avreste cavato una scarpa per darle con quella un amorevolissimo bacio!

Non una inchiesta ella mi fece d'Anonimo! — fece la spiritosa a modo suo, e siccome era fortissima nel ragionare di Estetica, e di Metafisica, così ella volse sempre il discorso ne' laberinti trascendentali, e mi disse fra le altre cose ch'ella preferiva i capponi lessi a quelli arrosto, e che i polli d'India s'ingrassavano più facilmente nelle risaje che nelle stie, perché il sentimento di libertà favorisce mirabilmente il corporale sviluppo di quelli importanti individui. Venne poi la Signora Mamma — essa mi chiese nuova di Anonimo, ch'essa diceva supporre ammalato. Ed io la misi in quiete accertandola che l'amico all'ora della mia partenza era occupato nello studio anatomico, e nell'analisi per mezzo dei denti di uno di quei polli di risaja di cui Madamigella Estetica, e Metafisica aveva celebrate le glorie.

Questa notizia ufficiale uscì con tutta esattezza dalla mia bocca, ma entrò nelle orecchie delle Signore alla maniera d'un fulmine, e vi produsse quella sensazione dolorosa che prova il Boia quando s'avvede che il paziente che ha impiccato è ancora nel bel numero dei vivi.

Madamigella Estetica, e Metafisica dei polli d'India, credeva d'aver cacciato fra le coste ad Anonimo il colpo di grazia togliendogli il suo bel cuore, e il conoscere che il suo colpo era stato una puntura di ago la fece calar di tre piedi. — Ah no, no! mi ritratto — poiché in questo caso ella si sarebbe ridotta a zero, via zero, zero — quando invece il fatto sta che qualche cosa rimase di lei, e quello che rimase fu il suo muso ingrugnato, ed il suo sguardo sbalordito dal dispetto. Per quel giorno la cosa stette lì — ma qualche tempo dopo quelle brave Signore a furia di fiutare nelle orecchie di tutti i pettegoli del distretto, seppero qual causa aveva influito sulla repentina risurrezione di Anonimo, e il loro furore venne a scoppiare sul mio capo.

— Siamo gente onorata — gridava la Mamma.

— Infamia — gridava l'Ottavia — Cielo — terra — assistetemi!

— Sicuro — sogiungeva l'Egiva — questo è verissimo.

— Ah — riprendeva l'Ottavia, tal'è la ricompensa di quattro anni di amore?

— D'una mezza capitolazione — io osservai.

— Taccia — gridò ancora la Mamma — qui non si tratta di scherzi! si tratta dell'onor nostro, che le male lingue vogliono strascinar pei postriboli.

— Scioperati! — entrò a dire la Morosina — dire che noi ce la divertiamo cogli amanti di notte!

— Sicuro — sogiungeva l'Egiva, questo è verissimo!

A questa sortita io mi tappai la bocca col fazzoletto.

— Ah se Filostrato non fosse partito! Ah se io fossi un uomo! — Ah se io non fossi una donna!

— Ah se io avessi animo di vendicarmi di uno che ho amato per tanto tempo d'un amore tanto puro, quanto immeritato!

Così gridavano tutte in coro le graziose interlocutrici, e siccome la Signora Morosina cantava da soprano, le due sue sorelle da contralto, e la Mamma da chioccia che ha fatto l'uovo così il concerto riusciva de' più dilettevoli.

— Basta! — io dissi in tuono da Dottore — basta! ho visto come stanno le cose, e rimedierò a tutto. Lascino fare a me e la verità trionferà.

Pronunciai queste ultime parole con una voce così altitonante, che la Signora Ottavia forse perché indebolita nei nervi dalle lunghe emozioni divenne pallida come un pezzo di tela.

La Mamma, e l'Egiva la presero sotto le braccia, e la condussero fuori. Io restai solo colla Morosina, e la presi sotto il braccio, e la condussi fuori anch'io.

Uscimmo nell'orto. E su e giù — e giù e su. Né l'uno né l'altra trovavamo parola adattata a romper il silenzio. Io lo ruppi il primo dicendo: — Che bei limoni. E la Morosina sospirò, e strinse il mio braccio come s'io le avessi detto Quanto io t'amo! — Ella scordò in quel momento le ciarle del mondo, e l'onore trascinato pei postriboli, e tutto il resto per ricordarsi ch'ella era sola nel giardino sotto un bel padiglione di foltissime piante, sola col suo Incognito, e per specificar meglio, si ricordò che era sola con un giovinotto.

Appoggiò il suo capo sulla mia spalla e sospirò ancora. Io pensava intanto — *devo baciarla, o no?* — devo stringere contro il mio il suo corpino, o devo mangiare un grappo d'uva?

In questa dubbiezza alzai gli occhi, e soggiunsi: *Che magnifiche mele!* — La Morosina non poté resistere a si dolci parole e abbassò il suo capo sul mio petto, e mi prese la mano, e se la portò allo stomaco.

Decisi che il non baciare una donna che si mette in quella posizione è cosa da balordo, e sempre per quel benedetto amor proprio le alzai colla sinistra il mento e le diedi un bacio sulle labbra.

Dopo di quel bacio, narri chi vuol narrare ch'io non vado più innanzi, e la Morosina non saprebbe nemmeno essa dirvi un acca di più, perché era tanto infervorata nelle sue celesti, e angeliche fantasie che non era più a questo mondo.

Io vi dirò solamente come prova del mio spirito osservatore, che trovai le sue labbra floscie come il suo spirito, per cui conchiusi che anche dal lato materia la Signorina non toccava la perfezione.

In seguito quando gli spiriti tornarono ad uno stato equabile passeggiammo ancora il giardino facendo qualche esclamazione in onore dei persici, e delle nespole; e così finì il primo colloquio dell'amore mio, in cui l'eloquenza fosse avvalorata da qualche gesto tecnico. E a questo ne tennero dietro parecchie volte altri di simil genere nei giorni successivi, e (cosa meravigliosa) circa quel tempo anche la mia mania epistolare cessò — sicché il mio amore ch'era prima ideale e poi era divenuto letterario, si fece da ultimo pantomimico — contro tutte le regole che tra gli scritti, ed i fatti frammettono il recitativo.

Ma come può mai fremere il labbro parole di fuoco quando il cuore non risponde a quel fremito con palpiti innamorati? — Voi mi chiedete s'io m'accorsi della mia freddezza, ed io vi dirò di sì, e che anzi pensai allora la prima volta che dalle prime lettere ch'io ricevetti della Morosina la mia passione fosse sempre andata calando. Ma in qual precipizio traboccò la poveretta in quel giorno che la Signora Mamma in tutta confidenza, e per iscolparsi dalle ciarle maligne mi raccontò che il Dottor Torototella era stato nell'orto, e aveva avuto con lei stessa una conferenza? Oh se aveste udito di quale ingenuità la Signora *Volpe* cospergeva il suo racconto!

— Il Dottore era un pazzerello; andò in collera perché la Morosina non s'era degnata rispondere alla sua prima dichiarazione, e credendosi offeso volle averne una riparazione. Per tale effetto lo sventato veniva ogni notte nell'orto, e vi stava due tre ore senza che noi ce ne accorgessimo spiando il mezzo, ed il momento di sorprendere la povera Morosina, e di chiederle qualche schiarimento. Ma io venni a sapere di quella sentinella importuna, e mandai la Morosina nel giardino, e la seguitai da lunge.

Era tanto oscuro che non ci si vedeva ad una spanna del naso; dopo mezz'ora m'avanzai, e vidi il Dottore che questionava colla Morosina, e che si lamentava, perché questa gli aveva dato tutti i voluti schiarimenti non solamente, ma perché gli aveva dimostrato esser impossibilissimo ottener da lei più di quanto aveva già commesso.

Io gli replicai che era un pazzo, e lo mandammo fuori di casa coll'intimazione di non tornarci fra i piedi.

Qui tacque la Signora Mamma, ed io arguii che era falsissima la chiacchera che Torototella avesse fatto l'amore solo epistolario colla Morosina.

— Quanto tempo è che successe tutto ciò? — io domandai benché lo sapessi appuntino.

— Tutto successe prima del suo ultimo viaggio, saranno circa quattro settimane.

Io maledii in mio cuore quella tal Morosina tanto amorosa, e confidente, che mi avea taciuta tutta la faccenda per tanto tempo, e la maledii molto più quando alla sera andando verso casa, esse mi accompagnarono un bel pezzo di via, e quando essendo io a braccietto della Morosina arrivati ad una scorciatoia, essa allora mi spinse in giù dalla strada maestra — dicendomi che *di là avrei fatto più presto.*

È vero che molti potrebbero trovare premurosa questa sua attenzione, perché la notte troppo avanzata è il tempo dei malfattori; ma io giudicai altrimenti, riflettendo che quando si è vicini all'innamorato, non si pensa ai malfattori, ma lo si tiene seco quanto più si può, anche a rischio di farsi cascar la volta del cielo sul capo.

Giunsi alla casa d'Anonimo, e mezzo miglia distante udiva i sospiri che gli strappavano i tumulti incessanti de' suoi intestini. — Povero Anonimo! io gli dissi — in questa sera io mi trovo in una condizione eccellente per fare un viaggio!

— Vuoi che partiamo insieme Lunedì venturo?

— Sì certo — io ripresi — e più presto se puoi!

— Io conto, rispose, di fare atto di rinuncia al Dottor Torototella, non perché egli n'abbia bisogno, ma così per legalità; e poi di andarmene.

— E anch'io farò lo stesso per bizzaria.

— E così Torototela avrà due amanti sotto un medesimo coperto!

— E così le avrà?

— Credi che non le abbia?

— Io non credo nulla io! — anzi credo troppo, il che è presso a poco lo stesso!

Anonimo chiese il passaporto adducendone a motivo il bisogno di distrarsi dal dolore provato pel distacco d'un'amante, ed io lo chiesi da mia parte mostrando la necessità assoluta ch'io avea di trovar una persona che rimpiazzasse nel mio cuore il posto lasciato quasi vuoto della cara Morosina. Ci diedero i Passaporti, ed io significata così per creanza alla mia Signora la prossima partenza, m'imbarcai con Anonimo in una certa cassa che si chiama Messageria, e non ebbi tempo di pensare oltre a fantasticherie, perché era abbastanza occupato nel tenermi saldo le coste, cui il sussulto delle ruote mi metteva in iscompiglio.

Oh l'eccellente vitello che ci manucammo giunti al luogo di nostra prima fermata! — Che zigari deliziosi fumammo per viaggio! — Che belle donnette ebbimo a compagne nel viaggio della strada ferrata! Come era distratto l'abbate che recitava il breviario vicino ad esse! Come sono duri i sedili degli Omnibus! Che belle nottate si passano anche nelle città forestiere, quando si abbia volontà di far conoscenze! Che viaggio lungo riesce un viaggio di dodici ore a dodici poveri diavoli stipati nell'area di sedici piedi quadrati! Che lingua maledetta in *is* ed in *os* si parla in un certo cantoncino dell'Italia! — O in ricompensa qual gentilezza negli uomini, qual condiscendenza nelle donne! Come ti fanno gustare sì gli uni che le altre di buon grado le più care risorse che offre il paese!

Ma anche in questo tempo di quieta spensieratezza vi erano i momenti di malumore, e al contrario del mio solito essi erano quelli impiegati nello scrivere alla Morosina! che antipatia per le lettere! che poca premura a legger quelle ch'ella mi spediva! Come faceva loro amarissime glose! Tra le altre un mio scritto riuscì tanto amoroso, che dopo averlo vergato stetti in dubbio se dovessi dirigerlo alla mia cara Mamma, e alla Morosina. Ma però io sacrificai ogni settimana un'oretta a sì noioso ufficio perché lo aveva promesso, e non volea esser tacciato di sleale, e d'impostore. E poi era abbastanza ricompensato della bellezza de' siti che percorrevamo, dalla varietà delle scene, dalle viste amene, e solitarie delle imboscate colline, dallo spettacolo maestoso dell'orrendo franare dei monti, dagli slanci sublimi delle cascate! — Oh come l'uomo spazia nei pensieri più santi; nelle speranze più grandi, nel più remoto avvenir dell'umanità, quando beve l'aria de' monti, quando il suo sguardo dal dorso d'un dirupo non giunge a discernere le lotte fratricide degli uomini, quando il suo pensiero avvicinato a quelle sfere ruotanti nel cielo di cui forse egli fece parte nelle remote serie dei secoli, oblia la creta che lo veste, e s'immerge nelle nubi vorticose dell'infinito, a cui lo sfasciamento deve confonderlo!

Non mi annoiava allora come coi quadri di Raffaello e colle statue di Canova, e non sentiva più il bisogno di pensare a quell'eterna Morosina: m'accorsi tanto bene d'un tal mio cangiamento, e lo credetti tanto naturale e facile ad indovinarsi che valendomi della mia poca abilità nel disegno copiai le due più belle prospetive di quei paesi, e le inviai alla Morosina, come per dirle, *guarda se con queste cose sott'occhio io posso ricordarmi con piacere di te, mediocre creatura della civetteria*, ma questo mio pensiero nessuno potea immaginarlo, e la Morosina accettò i due disegnetti come prove del costante amor mio.

Un mese, e mezzo noi ci dilettammo in quella vita tranquilla, e celeste: piacevole intermezzo fra le amanti passate, e le amanti future; un mese, e mezzo noi assaporammo i santi godimenti della natura, e le care ghiottornie dei buoni pranzi, dopo di che io mi rimisi in viaggio verso casa, ove doveva intraprendere lo studio politico legale; poiché benché io anteponga la vita del dentista, e del aereonauta a quella dell'avvocato, e del Notajo, pure ho deciso di percorrere quella carriera che vien percorsa dai più. Anonimo campagnuolo indipendente che sentiva collo specifico del moto, e della varietà calmarsi sensibilmente i suoi dolori di pancia prescelse di fare il girovago fin verso Natale, ed io complimentandolo d'una sì savia risoluzione gliene pronosticai gli effetti più salutari.

Il mio viaggio di ritorno fu una graziosa ripetizione del viaggio di partenza; mi toccò l'invidiato martirio di restarmene sette ore in una vettura a fianco d'una bella comica che aveva paura dei ladri e che mi si stringeva da canto ad ogni scoppiettio della frusta. Arrivai insomma alle porte della mia città, e mi pareva di essermi messo in moto allora allora; e quando il Commissario mi chiese il passaporto, insieme colle tristi realtà della vita mi tornarono a mente i teneri occhietti, le labbra floscie, e il mediocrissimo tutto della Morosina.

Abbracciai cordialmente mia Mamma mezz'ora dopo, le portai i saluti del papà che dimorava in una delle città da me visitate, e le riconsegnai i miei due fratellini! — Eccoci all'ultimo stadio di questo episodio biografico.

XX

Addio amore

Addio Amore! così dissi fra me, e me quando arrivato in patria m'accorsi che il mio amore per la Morosina non era disposto per nulla ad uscire dalla sua indifferenza. Addio Amore! Ma come formular quest'addio? Come tradurlo in parole, ed in fatti intelligibili dalla mia bella? Era questo il busillis, e dopo alquante serie argomentazioni, e fondatissime ragioni decisi che bisognava fare qualche cosa, senza poter per questo scieglere nessun partito. È vero che v'aveva un sentimento del mio cuore che diceva: — A che significar ad altri la fine d'una passione che non ha mai esistito fuori di te? Ma pensando che era convenevole alla mia dignità il supporre l'esistenza di quella passione nella Morosina, chiusi le orecchie a quel sentimento, e mi portai sul piano di operazione raccomandandomi alle ispirazioni di Dio, e a qualche scempiaggine della Morosina per potermela cavar con onore.

La Signora Ottavia nel vedermi si lasciò scappare un grido di sorpresa; non così la Morosina, che mi parlò del bellissimo tempo come se si fossimo visti un'ora prima. Ella era uno di quei caratteri forti che non si lasciano sgomentare dalle grandi emozioni. — Io mi mostrai alquanto indispettito, un po' ironico, e d'una freddezza a tutta prova. Era sul finir di Novembre, e non vi erano né pesche, né limoni su cui far cadere il mio discorso amoroso. Invano ogni più piccolo sassolino mi ricordava la cara memoria delle illusioni passate, questo non serviva che a farmi maledire la mia ostinata stupidità.

In quel giorno per dirla in breve io mi mostrai di sasso, e se la Signora Morosina non fosse stata di sasso realmente, avrebbe dovuto intendere che la mia visita era fatta allo scopo di ostentarle in viso la più completa indifferenza. Ma cosa volete? La penetrazione non è la facoltà più sviluppata del suo spirito, e mentre partiva ella mi volse uno de' suoi soliti sorrisi, come se io l'avessi abbeverata in quel giorno di tutti gli effluvi possibili dell'amore.

Io me ne andai persuaso che per far capire la mia freddezza alla Morosina bisognava darle degli schiaffi; e dubitai di più che in questo caso ella potesse scambiare quelle pesanti dimostrazioni per segni di affetto, come le selvaggie delle coste del Senegal. Non mi restava altro mezzo da scegliere che la penna, e l'inchiostro — e mi sedetti al tavolo, e strinsi tanto le sopraciglia, e tanto sbarrai gli occhi che alla fine pervenni ad ammorzare una certa ilarità che pareva pronta a scorrermi dalla penna, e a chiamarvi invece il più giudizioso raccoglimento.

Era in questo manifesto stato di contrazione quando si spalancò l'uscio di camera, e Messer Acefalo cogli stivali sepolti in un metro cubico di pantano, mi porse una lettera accompagnata da un certo riso così infernale che mi mostrava fino i più secreti rispostigli del suo magnifico organo manducatorio. Per uguagliarmi allo spirito del nostro simile mi diedi a contraffare simili boccaccie anch'io e mediante la latitudine molto pronunciata delle mie mascelle, riuscii a meraviglia.

Il Signor Acefalo partì contentone di aver trovato un galantuomo che gustava tanto le sue ambasciate, ed io rimasi con quel piego fra mano pensando a quello che vi si poteva contenere di nuovo.

Poteva essere un rimprovero, io fantasticava, od anche una diffida di amarla con più fervore, od una licenza assoluta nel caso ch'ella avesse trovato un marito alla mano.

Niente di ciò: la era invece una predica sull'amore conjugale, e sulla fedeltà relativa dei coniugi, copiata io credo dalle Omelie di Monsignor Adeodato Turchi. Io volea ben rispondere alla Morosina che non essendo ancora in Quaresima non mi teneva obbligato a saperle buon grado della sua predica, ma sembrandomi poco, le scrissi invece che non solamente non m'importava un fico del Quaresimale, ma sibbene anco di chi lo scriveva. S'intende che vestii questo bel concetto con frasi degne di cader sott'occhio a ogni gentile Signora, e che le mandai tantosto il grazioso bigliettino. Ma le vesti sfalsano spesso chi le porta, e questa volta fecer sì, che la Morosina non capì un acca di tutto quello che voleva dirle.

Anonimo intanto era tornato dal suo viaggio grasso come una quaglia, e non avendo egli più la distrazione dei dolori di pancia, pensò a procurarsene una, entrando come terzo nelle faccende dell'amor mio.

Egli scrisse una, due, tre, e quattro lettere alla Signora Morosina, fino a che seppe che la Morosina aveva capito ch'io era uno sleale, un impostore etc. etc.

Ella ebbe anche la sfacciataggine di ripetermi in un apposito bigliettino questi due titoli, aggiungendo che io l'aveva ingannata, e tradita. Io le risposi che dell'aver io fatto codesto non esisteva testimonio nato, né nascituro; e me le protestai devotissimo Servidore, ed Amico. Ella rispose domandandomi le sue lettere, ed io gliele mandai coll'espressa ingiunzione di farmi avere le mie. Ma la povera Signora voleva proprio meritarsi tutta la mia affezione, e mi scrisse, che le mie lettere erano state abbrucciate. Io tesi la mano verso l'uscio al leggere questa facciata confessiera... e le promisi un eterno interessamento a tutto ciò che avrebbe riguardato la sua felicità. Dopodiché volendo io pur sapere qualche cosa di positivo di quelle lettere ed esser certo che più non esistevano presi il mio cappello, e mi avviai verso la casa della Signora Morosina. Quello che mi spinse sopratutto a questo divisamento, fu la premura che aveva di compilarmi in testa lo scioglimento drammatico del mio amore per poterlo poi scrivere con tutta quiete. Ora io me ne vado. Sono armato di tutta la freddezza immaginabile, di tutto il possibile disprezzo per quella che ha adoprato con me, come adoperano i Commissari di Polizia coi libellisti mettendo in sequestro i loro scritti.

XXI

Atto ultimo - Scena ultima

Anonimo, con paletot bianco, e beretto *sui generis*, grasso, di media statura, rosso in viso, occhi e capelli castani, barba così così.

Il Professore, rosso, e grande con alquanti bernoccoli sul viso testimoni delle sue virtù domestiche, in gran cappotto caffè col cappuccio foderato rosso.

Baritola — in gran mantello alla spagnuola, e berettino, piuttosto alto e con barba prepotentissima.

Grisostomo — idem — idem — ut supra vedi Baritola, col collo un po' più lungo.

Stracotto — personaggio ragguardevole che sospira sempre.

Incognito — costui volterà sempre le spalle al pubblico per non violare il suo incognito, avrà le gambe lunghe, ed il beretto *sui generis* sul solito recipiente della materia cerebrale.

XXII

Stracotto solo

(*Dopo aver girato per la stanza, e aversi soffiato il naso, e aver sospirato tre ore buone*). Decisamente io sono innamorato più di prima! — (*Si spalanca improvvisamente la porta ed entra Anonimo*).

Anonimo. — Voi qui? correte, volate — ammazzatevi, no anzi cercate di non ammazzarvi per arrivare sano, e salvo a veder quello che ho visto io!

Stracotto. — Cosa, cosa per carità!

Anonimo. — La Signora Teofila a braccietto col Brigadiere degli Sbirri!

Stracotto. — Grazie. Grazie! sono guarito (s'abbottona il soprabito, e balla un galoppo) guarito, guarito! (bussa col capo contro un muro).

Anonimo. — Badate, badate, che a questo modo vi ammalerete gravemente.

Stracotto. — Teofila col Brigadiere degli Sbirri? — Oh baldracca, ah infame io ti detesto, io ti maledico, io ti odio, io ti disprezzo! — Si ti disprezzo, ed è appunto per questo che son guarito! — ma capite, o non capite che son guarito? (dà un pugno nell'occhio di Anonimo).

Anonimo. — Capisco che voi m'accecate! — (si apre precipitosamente la porta: entra col culo avanti il Signor Incognito).

Anonimo. — Oh che simpatica fisonomia hai tu, mio caro Incognito.

Incognito (dopo due colpi di tosse per richiamare l'attenzione). — Sono cose serie.

Stracotto. — Serie, ma serie assai! sono guarito, sono guarito, al diavolo la Teofila!

Incognito (come un Professore). — Effetto de' miei ragionamenti!

Stracotto. — Niente affatto — il merito è del Brigadiere degli Sbirri.

Incognito. — Scusi signore è mio!

Stracotto. — Non è suo!

Incognito. — Come non è mio? Oserebbe contrastare la mia proprietà letteraria? (Il Signor Incognito, e il Signor Stracotto si guardano in cagnesco) - (Anonimo conta sui diti).

Anonimo. — Cinque via cinque venticinque meno tre fanno ventidue — contro ventidue, e mezzo — assolutamente il mio caro Incognito voi siete nella minoranza!

Incognito. — (Pare distratto; tutto in un colpo gli si rizzano i capelli sulla testa, e il beretto gli si innalza due spanne sul cranio come se fosse un marito) — Eccole son esse! — li vedo i fantasimi! Ih — Oh — Eccole.

Stracotto. — Ora tocca a me guarir voi, amico carissimo — e a tal effetto vi racconterò una storiella. V'era una volta...

Incognito. — Tacete, tacete per carità! piuttosto che assorbirmi la vostra insulsa novellaccia voglio sforzarmi a guarire senza medicine!

Stracotto. — Guarite dunque alla spiccia, e raccontatemi come andò la vostra spedizione dalle Signore per sapere di quelle tali lettere.

Incognito. — Ah!... (probabilmente in delirio).

Anonimo. — Oh — oooooooh! (piucché lunghissimo).

Incognito. - Ecco vi dirò — no, sì! anzi andai, e... camminai, e poi mi fermai...

Anonimo. — Punto fermo!

Stracotto. — (Prende pel braccio Incognito, e gli pizzica la polpa).

Incognito. — Ah... diceva che mi fermai, questo non è vero perché io non mi fermai... ma tornai indietro!... quelle Signore sono cause perpetue di repulsione magnetica! E tornato ch'io fui indietro allora sì mi fermai!

Anonimo. — Ma in nome di Dio dove vi siete fermato?

Incognito. — Eh! non lo sapete? al Teatro!

Stracotto. — E cosa vedeste di bello al teatro?

Incognito. — Uh! eccole — mi stanno davanti! placatevi o tre furie, o tre parche arrabbiate, se no vi getto il canocchiale nella testa!

Anonimo. — Ma impazzite!

Incognito. — Intendete! se non mi togliete da dosso quelli sguardi di vipere vi slancio il canocchiale nella testa.

Stracotto. — Ma vi pare! in teatro? — nella testa?

Incognito (freddamente, e fra parentesi). — Voi siete i grandi scempiati uditori; non comprendete che per mezzo d'una magnifica apostrofe (figura retorica delle più sfarzose) mi trasporto sul sito?

Anonimo. — Su che sito?

Incognito. — Sul Teatro!

Anonimo. — E le Parche?

Incognito. — Eran le tre Signore che vidi in teatro, sedenti (come la Trinità) sopra le nubi, nelle aeree regioni del quart'ordine!

Stracotto. — Lodato sia Iddio.

Incognito (invasato). — Placatevi vi ripeto! — Credete ch'io non sappia che voi aggradite i più temerarii regali che introducono nel vostro tempietto i profani! — o Infernali Divinità!

Anonimo. — Vale a dire?

Incognito. — Credete ch'io non sappia che voi, amabili ragazzine, maneggiate colle vostre mani quei sospirati regali!... e che allargate provvidamente il delubro perché maggior copia ve ne capisca?... Credete ch'io non sappia che voi, Ottavia voi Moros... no! che voi Parche di Plutone avete resistito agli sguardi dei figli di Marte conquistatore una intiera serata, a fianco dell'Infernale Proserpina, e delle Taidi degli abissi!

Stracotto. — Miracolo di Dio! — Che parolaccie, che gusto barocco! — Per carità Incognito!

Incognito. — (fra parentesi) Zitto! vi darò in tre paroline la chiave dell'enigma — Venerdì passato — Accademia del Casino — ed inclita Ufficialità.

Anonimo. — Come, come: le Signore furono a quella Accademia? sfacciate! ma se nessuno vi era? Ah decoro, decoro!!!

Incognito (impassibile). — Sì, voi eravate, o Furie o Grazie di Messer Belbezubbe in mezzo ai vostri adoratori!!! Ah, ah... perché mi guardate con quelli occhi così severi? vorreste rimproverarmi? Voi, ragazze da vetrina, messe in mostra per chi le domanda, voi rimproverar me? e con qual diritto? — Tu Morosina sequestrataria degli scritti altrui, tu Ottavia schernitrice di ogni più santo sentimento, tu Egiva che non sai infilzar tre parole, vorreste rimproverarmi? — Ah, Ah, vi getto il cannocchiale nella testa. Tenete. Eccovelo! Prendete! vi ho rotto, o care, ah! il naso! — siete contente!

Anonimo. — Ma per carità, Incognito, torna in te — vuoi far impazzire anche me!

Incognito. — Hai ragione; hai fatto tanta fatica quest'estate a evitar l'Ospitale, che sarebbe un vero peccato che non lo potessi schivare adesso che il maggior rischio è passato.

Stracotto. — Ora farai la gentilezza di tradurre nel linguaggio dei savii quello che hai spifferato nella favella degli ubbriachi!

Incognito. — Tutto si riduce a questo. Le Signore erano in Teatro, e mi han guardato la schiena tutta la sera.

Anonimo. — Chi te lo riferì?

Incognito. — La mia schiena!

Anonimo. — E cosa guardarono?

Incognito. — Non te lo dissi? la mia schiena!

Anonimo. — E tu hai guardato loro!

Incognito. — Colla schiena!

Anonimo. — E non hai fatto nessun moto, nessun gesto (con compassione).

Incognito. — Ho fatto ad esse l'atto che più si meritano mostrando loro tutta sera il mio deretano.

Stracotto. — E le lettere?

Incognito (torna ad invasarsi). — Oh scritti, o scritti vergati col sangue e contaminati dagli sguardi...

Anonimo. — Vuoi che ti bastoniamo!

Incognito (si rappacifica)... — Le lettere le lascio alla Signora perché ne faccia buon uso ne' suoi bisogni...

Stracotto. — Materiali, o spirituali?

Incognito. — Oh sciocco, oh sciocco, credete che abbia bisogni spirituali la Morosina?

Anonimo. — Ma le lettere non sono abbrucciate?

Incognito. — Oh sciocco, oh sciocco! credete che dica la verità la Morosina?

Stracotto. — Ma insomma, che cosa è questa Signora Morosina?

Incognito. — Il mondo dice, che è una ragazza belloccia, alquanto piccina, e con poca dote.

Anonimo. — Era allegra, o afflitta questa sera?

Incognito. — Aveva gli occhi lucidi lucidi, e un po' torbidetti secondo il solito... e de' bei segni d'inchiostro sotto gli occhi!...

Stracotto. — Poveretta, aveva pianto!

Incognito. — Quelli sono sintomi di un'operazione più allegra che non è il pianto, e insieme molto più adatta al carattere, ed agli usi della cara Morosina...

Si aprono le imposte entra il Professore, Grisostomo, Baritola, che cantano in coro: — Oi la lela, oi lalà!

Professore. — Sacramentin!

Grisostomo (alza le mani al cielo, e poi si tappa le orecchie).

Incognito. — Come va Grisostomo?

Grisostomo. — (Fa il viso tenero, e poi mettendosi l'indice in bocca scocca sorridendo un bacio).

Baritola. — Bene — Benone, immenso! — Viva Grisostomo, viva la Veronica, viva la Teresina — viva la Melliflua — viva la Rosalia, viva.

Anonimo. — Canti le litanie?

Baritola. — Canto le lodi delle mie corteggiate.

Anonimo. — Eh! — manda una volta al diavolo le donne!

Incognito. — Eh! mandale ad Anonimo che gli farai sempre piacere. Immaginati che jeri entrai in sua camera senza picchiare, e trovai il predicatore contro il sesso femminile che si acconciava i calzoni, e la serva di casa che s'era imbarazzata con una sottana nel cavalletto del letto!

Professore. — Io Ingegnere Perito dichiaro che è lecito ad ogni uomo racconciarsi i calzoni, ed ad ogni donna l'imbarazzarsi colle sottane nei chiodi e nei cavalletti!

Incognito. — È quello che dico anch'io — aggiungendo la postilla — che tali inconvenienti succedono spessamente nei colloqui amorosi in cui la forza dei sentimenti fa negligere la toletta in modo, che alle volte si veggono delle donne in certe positure — ... immaginatevi poi le serve...

Professore. — Non serve che me le immagini (sentenziosamente). Ho anch'io noleggiato una servotta... eh.

Baritola. — Sì sì... macchina pneumatica; agitando la pompa... mi ricordo perfettamente la lezione.

Grisostomo. (il quale ha meditato profondamente) — Io vado subito a sposare la mia Melliflua!

Stracotto. — Ti raccomando di sposarla bene.

Grisostomo. — Inutili esortazioni! ah se sentissi (corre a rompicollo giù per le scale) (silenzio universale di due minuti).

Baritola. — Viva la Fiorentina, viva la Margherita!

Incognito. — Maledetto l'amor platonico!

Anonimo. — Maledetti i dolori di pancia!

Coro. — Libera nos domine!

Professore. — Viva la macchina pracmatica!

Stracotto. — Viva l'amore senz'astrazione!

Incognito. — Viva la guarigione dello stracottissimo Signor Stracotto.

Stracotto. (punto sul vivo, e rosso come un gambero). — Viva la ricuperata salute dello stracottissimo, del fritto, e rifritto Signor Anonimo e del lessato Signor Incognito!

Coro. — Viva, viva.

Professore. — E qui chiudiamo la seduta col dimostrarvi colle prove di fatto, che l'astuto Signor Grisostomo è il vero felice fra tutti noi. Egli piglia l'amore senza astrazione. Egli sposa la sua Melliflua, perché è un bel tocco di carne, e se succedesse qualche inconveniente alla simmetria della sua fronte che male ne avverrà a lui? che male agli altri? Celibi, nubili, e maritati! Amore ci vuole come lo intendeva il buon padre Adamo, e non come...

XXIII

Conclusione

Mi sentii a dire: Comanda il caffè?

Apro gli occhi; sono in letto. Ah, guardo. È il cameriere.

— Che giorno è oggi?

— È l'11 febbrajo 1851.

Miracolo di Dio! mi era addormentato il 10 novembre 1847 ed aveva dormito, tre anni, due mesi, e un giorno.